自分で作った兜を眺めていると、ポーションを専門に研究する私の師、宮廷錬金術師のクレイン・オーガスタ様が近づいてくる。

「基本的に調合は小さな素材を用いるが、形成は大きなものを扱うことも多い。次の段階に進めるように、今のうちに形成スキルの扱いに慣れておくべきだな」

そう言ったクレイン様は、私が苦戦して作った兜を手に持ち、出来栄えを確認してくれる。

たとえ専門分野外のことであったとしても、こうして真摯《しんし》に向き合って教えてくれるので、とてもありがたい気持ちでいっぱいだった。

特に今は、時間にゆとりがあるから余計にそうなのかもしれないが。

「今[illegible]あの魔物の繁殖騒動から二週間も経《た》っているのに、まだ薬草不足が続いているん[illegible]

も[illegible]このように思える出来事を、私はクレイン様の言葉で思い出していた。

ポ[illegible]である薬草が不足した状況の中で、遠征中の魔法学園の生徒たちが襲われた魔物[illegible]からも大きな事件として扱われている。

[illegible]質の悪い薬草からEXポーションを作り出すことに成功して、被害を最小限に[illegible]けでこの問題は終わらない。王都に薬草不足を引き起こした人物が、私の元婚約者の[illegible]トス様だったのだ。

彼が、王都に存在していたほとんどの薬草を買い占め、大切な資源を無駄にしたことで、現在も品薄の状態が続いている。

その事件の影響もあって、クレイン様は品質の悪い素材からポーションを作る研究に取り組み始めた。

一方、見習い錬金術師の私は自由な時間がたっぷりとできたため、形成の特訓に励んでいる。

「錬金術で兜を作るのは、思っている以上に形を整える作業が難しかったです。どうしても最後の微調整に時間がかかってしまうんですよね」

「作業を見ていた限り、形成領域が不安定な分、厚みが不均一になりやすい印象だったな。もっと形成領域を安定させることを意識して、全体のバランスを考えた方がいいのかもしれない」

「なるほど。細部のことばかり考えていてはダメ、ということですね。どうしても手元で形を整えていると、目の前の作業に集中してしまいます」

「ミーアは魔力操作がうまい分、形成領域が乱れていても、そのまま形成作業を続けられてしまう。今は基礎的な領域展開を意識して、しっかりと技術を身につけるべきだろう。そうすることで、最終的な品質が安定するだけでなく、余計な魔力消費を抑えることもできるはずだ」

「わかりました。次の課題は、形成領域の安定化としたいと思います」

「ああ。続きは午後からだな」

午前の仕事が終わった私は、更衣室に向かい、作業服から私服に着替える。

鏡の前で身だしなみを整えた後、工房を後にしようとすると、クレイン様に呼び止められた。

「王城の外に出かけるなら、午後の仕事に遅れても構わないから、錬金術ギルドに寄ってくれ」

「何か納品でもありましたか？」

「いや、魔物の繁殖騒動の時に引き受けた緊急依頼の報酬があるそうだ。ミーアが直接行かないと処理できないらしい」

緊急依頼の報酬……！　なんて素敵な響きなんだ！

「わかりました。必ず錬金術ギルドに立ち寄ってきます！」

「あ、ああ。あまり期待しない方がいいとは思うぞ」

初めて緊急依頼の報酬をいただけると期待した私は、高まる気持ちを抑えられずに、工房を飛び出していくのだった。


王都の街並みを歩き始めた私の目には、平和な日常を取り戻したいつもの光景が映っていた。すれ違う人々はみんな幸せそうで、魔物の繁殖騒動が嘘《うそ》だったかのように、のどかな雰囲気が漂っている。

これほど街が落ち着きを取り戻したのは、国王様が機転を利かせて、声明を出した影響が大きいだろう。

魔物の繁殖騒動が大きな混乱をもたらしたと認め、冒険者ギルドと協力体制を取り、騎士団と共に治安対策への取り組みを強化している。

街中の警備はもちろん、街道にも大勢の騎士を派遣して、周囲一帯の安全を確保。民間人が移動に使う馬車にも補助金を出し、一時的に冒険者の護衛依頼の人数を増やすようにしていた。

今回の対応については、異例と言っても過言ではないほど手厚い。王都の民で不満の声をあげる者は見かけなかった。

それどころか、逆にキャッキャッと楽しそうに話す住人の声が聞こえてくる。

「ねえ、聞いた？　ミーアさんって、早くも宮廷錬金術師の内定をもらっているらしいよ」

「どうりで酒場にいた騎士が、身を犠牲にしてポーションを作った聖人だ、と騒いでいたわけね」

「貴族の間でも有名なんだって。今、最も有望な貴族令嬢と言われてるんだよ」

突然、過剰なまでにハードルを上げられた自分の噂《うわさ》が耳に入ってきた私は、急いでバッグから帽子を取り出して、それを深く被《かぶ》った。

見習い錬金術師の私が宮廷錬金術師の内定なんてもらえるはずがないし、聖人でもなんでもない。

例の事件の後から、過大評価された噂が飛び交い、とんでもない状況に陥っていた。

このままエスカレートせずに、早く落ち着いてほしいと願うばかりである。


そんな賑《にぎ》やかな街並みを歩き進めた私は、アリスの実家である飲食店にやってきた。

コッソリと裏口から入り、個室に案内してもらって、ようやく我が親友の元にたどり着く。

外出するだけで精神的な疲労が溜《た》まる私とは違い、アリスはキョトンとした顔をしていた。

「なんでもう疲れてるの？　そんなにお腹空《す》いた？」

アリスの何気ない声に安堵《あんど》すると、強張《こわば》っていた肩の力が抜けて、大きなため息がこぼれる。

「ああー……。私の心のオアシスは、ここにあったんだよ」

変装用の帽子を取った私は、アリスの向かいに腰を下ろして、机に体を預けた。

身分差があろうとも、持つべきものは友である。

疲れた時に素の自分をさらけ出せる相手は、アリスくらいだった。

そんな私の事情を察してくれたのか、アリスは苦笑いを浮かべている。

「親友としては、街中の噂を聞いている分には鼻が高いけど、ミーアは大変みたいだね」

「良い噂が流れ続けるのも考えものだよ。まだ見習い錬金術師なのに、早くも将来を期待されているみたいで、プレッシャーがすごいんだよね……」

「実際に会ってみると、それがよくわかるよ。また無理してるってオーラが出てるから」

「だって、心を休められる場所がないんだもん。この前なんて、笑顔を作りすぎて顔がつりかけたんだよ？」

今日はそういう事態にこそ陥らなかったものの、人通りの多い時間に王都を歩くと、次から次へと声をかけられた日があった。

我がホープリル家の評判にも関わるため、声をかけてくださった方々に愛想よく振る舞うしかなく、表情筋がパンパンになってしまう。常に貴族スマイルを欠かさずに過ごしていると、息苦しくて仕方がなかった。

よって、昼休みには愚痴をこぼせるアリスに泣きつき、ストレス発散に協力してもらっている。

しかし、あまり情けない姿を見せていては幻滅されかねないので、私は姿勢を正すことにした。

「今日も帽子がなかったら、また声をかけられていた気がするよ」

「すっかり有名人だもんね。まあ、噂が流れて外出しにくいなら、家でゆっくりするのもありなんじゃない？」

「それがさ、街中よりも家の方が落ち着かない状況なんだよね。格上の貴族が『自慢の息子』を連れてくるようになっちゃってさー……」

私も最初は、噂が流れる間は極力家に引きこもってのんびりしよう、と思っていた。

しかし、なかなかそううまくはいかない。

各方面から縁談の手紙が山のように届くだけならまだしも、強硬手段に出て、事前連絡もせずに訪ねてくる人まで現れたのだ。

婚約破棄したばかりの傷物令嬢のはずなのに、まさかこんなことで悩むようになるなんて……。

「うわぁー……。親同伴とか面倒くさそう」

「貴族はそういうもんよ。基本的には、親同士が結婚を決めるんだもん。訪問販売みたいに訪ねてくるのは、さすがに勘弁してほしいけどね」

「突然お見合いが始まるなんて、エグいことするね。私だったら、その時点で無理だわ」

「私も無理だよ。家まで押しかけてくる家系なんて、切羽詰まっている事情があります、って自分から言っているようなものなんだから」

無礼を承知の上で強硬手段に出るのであれば、速やかにお引き取り願いたいが……。

我が家よりも爵位の高い家柄や歴史の長い家系だったら、無下に追い返すわけにいかないのが、貴族のツラいところである。

結局、それ相応に対応しなければならなくなるので、家に引きこもる方が気が休まらなかった。

突然の訪問者に玄関で愛想よく振る舞うだけならともかく、応接室で接待まで求められるのは、さすがに厳しい。思い出すだけでも胃がキリキリと締めつけられてしまう。

だって、私はもう……婚約という首輪をつけられて、息苦しい人生を過ごすつもりはないのだから。

せっかく憧れていた錬金術師の道を歩み始めることができたんだ。第二の人生は絶対に楽しんで生きようと心に決めている。

幸いなことに、婚約を一度解消しているため、お父様も結婚には消極的な姿勢を見せている。よほどのことがない限り、勝手に縁談を進められたり、強引に婚約を決められたりすることはないだろう。

それでも可能性はゼロと言い切れないところが、貴族に生まれた者の運命かもしれないけど。

「ミーアは結婚する気ないの？　貴族だと若いうちに結婚させられることが多いでしょ？」

「しばらくは考えたくもないかな。今は錬金術を楽しんで、自由気ままに過ごしたいよ」

私の人生は、まだまだこれからが本番なんだ。結婚しなくても幸せになれるし、人生を再スタートするのに年齢なんて関係ない。

一人前の錬金術師になって、絶対に幸せな人生を勝ち取ってみせる。

私の幸せは、私が決めるんだ！

これからのことについて熱い気持ちを抱いていると、心配そうな表情を浮かべたアリスに顔を覗《のぞ》き込まれてしまう。

「ねえ、ミーア。元婚約者のこと、けっこう引きずってない？」

「……。正直、お腹いっぱいだよね。結婚の悪いところ、全部味わった気がするもん」

「確かに、婚約者がアレだったらねえ……。さすがに結婚願望もなくなるか」

私にとって、婚約中の良い思い出といえば、憧れ続けてきた錬金術の仕事に携われたことだけ。

ぞんざいに扱われたことも、面倒な仕事の押しつけも、浮気現場の目撃も……って、本当に良い思い出がない。

唯一の救いがあるとすれば、最後に彼と和解して、その関係に終止符を打てたことくらいだ。

「元から結婚願望があったわけじゃないから、別にいいけどね。貴族の結婚なんて、生涯を縛られる契約みたいなものだし。例えるなら、私生活に土足で踏み込んでくるビジネスパートナーを決めるような感じかな」

愛もないのに後継ぎを作り、周囲に円満アピールをしながら夫を立てて、子育てを強いられる。

格上の貴族の元に嫁いだ場合、生涯にわたって上下関係が決まる恐れもあるため、結婚は人生をかけたギャンブルみたいなものだった。

それを考えると……、結婚生活に足を踏み入れる前に別れられて、本当によかったよ。

「ミーアが言うと、妙にリアルだから、やめてもらってもいい？　今後は貴族の既婚者を見る目が変わりそうだよ」

どこか遠い目で窓の外を眺めるアリスには悪いが、本当に愛し合って結婚する貴族なんて、ほんの一握りだと思う。

変な噂が立たないように、みんな口にしないだけだ。

「アリスの方はどうなの？　良い人でも見つかった？」

「全然。私に声をかけてくるのは、酒臭いおっちゃんばっかりよ」

「冒険者ギルドと飲食店の仕事を掛け持ちしていたら、そういう感じになるかー。自由に恋愛できるといっても、簡単に良い人と出会えるとは限らないよねー」

女同士の集まりにしてはちょっぴり寂しい会話になり、はぁ〜……と、二人のため息が重なってしまう。

自分が結婚するつもりがない分、アリスには幸せな家庭を築いてほしい。でも、彼女に強制することではないので、口には出さないでおく。

そんなことを考えていると、アリスのお父様が素敵な昼ごはんを持ってきてくれた。

ふわふわのパンに新鮮なサラダ、そして、デミグラスソースがかかったハンバーグである。

「こんな場所でゆっくりできるなら、いつでも部屋を貸すぜ。なんだったら、娘の部屋にでも泊まっていくか？」

「一応、貴族令嬢なのでお泊まりは難しいかと。そのお気持ちとお料理をいただきますね。ありがとうございます」

昼時で忙しいのか、ハッハッハッと笑ったアリスのお父様は、すぐに部屋を後にする。

あまりにもおいしそうな香りが鼻をくすぐるため、我慢できそうにない私は、早速ナイフとフォークに手をかけた。

その瞬間、アリスがニヤニヤした表情を向けてくる。

「でもさ、私はミーアの近くにピッタリの人がいると思うんだよねー」

「その話まだ続いてたんだ。それで、誰のことを言ってるの？」

「もう、とぼけちゃってー。クレイン様のことに決まってるじゃん。話も合うみたいだし、将来有望だし、ミーアのことを気にかけてくれている。これはもう運命の神様の導きだよ。私は両者ともに脈ありとみたね」

猛烈な勢いでまくし立てるアリスを見て、結婚願望うんぬんの話は、私とクレイン様のことが気になっていただけなのかと察する。

期待されているところ申し訳ないが、私とクレイン様は色恋沙汰の関係ではない。

互いに恩を感じているだけの師弟関係にすぎないのに、いったい周りからはどう見えているのやら……。

少なくとも、アリスに変な誤解をされているのは、明白だった。

「別にクレイン様とは何もないよ」

「本当に？　冒険者ギルドの受付だったミーアを、宮廷錬金術師の助手に引き入れるなんて、強引な愛の告白みたいなものじゃない？」

「ないない。クレイン様は誠実な方だから、いくら聞かれても、アリスの欲しがりそうな話は一つも出てこないよ」

「ちぇ、残念だなー。ミーアには幸せになってもらいたいのに」

「それはお互い様ということで。じゃあ、いただきます……！」

互いの寂しい恋バナが終わったところで、昼ごはんをいただくため、ハンバーグにナイフを入れた。

肉汁がジュワ～ッと溢《あふ》れ出し、幸せな蒸気に包まれる中、私はハンバーグを一口大に切り分ける。そして、デミグラスソースの海にチョンチョンッとつけた後、それをゆっくりと口に運んだ。

「ん～っ！　おいしい～っ！　アリスのお父様が作るハンバーグ、玉ねぎが入っていていいよね。牛肉だけで作る店も多いけど、私はこっちの方がくどくならなくて好きだよ」

しっかりと存在を感じられる粗挽《あらび》き肉のうまみと、玉ねぎの優しい甘みが加わるだけで、もうおいしい。そこに赤ワインを使った自家製デミグラスソースが合わさると、もっとおいしかった。

「ミーアの舌って、本当に庶民寄りだよね。そこまでハンバーグでテンションが上がるのって、同世代でも珍しいと思うよ」

「錬金術師になる夢が叶《かな》った影響か、婚約破棄で肩の重荷が下りた影響かわからないけど、最近はより一層食事がおいしく感じるんだよね。なんといっても、このデミグラスソース、パンにつけてもおいしいから」

「さっきまで疲れ果てていたくせに、よく言うよ。ミーアにとって、今が一番人生で楽しい時間なのかもしれないね」

呆《あき》れたような表情を浮かべるアリスだが、せっかくの食事を楽しまない方が損だと思った。

特に親友しかいない個室ともなれば、その可能性は無限大に広がる。

パンの上にサラダと一口大のハンバーグをのせて、そこにデミグラスソースをかける、な−んていう貴族令嬢らしからぬことができてしまうのだから。

「ミーアは花より団子になっちゃったか。これはクレイン様も可哀想《かわいそう》だなー……」

「えっ？　何か言った？」

「ううん、何もないよ。冷めないうちに食べないとねー」

それはそうだと思った私は、大きな口を開けて、即席ハンバーガーを食べ始める。

昼ごはんという幸せのひと時を感じながら。


久しぶりに楽しい昼休みを満喫した私は、すっかりと幸せな気持ちで満たされていた。

親友とおいしいごはんを食べるだけでも、心に余裕が生まれて、前向きに頑張ろうと思える。

そこにご褒美があれば、もっと頑張ることができるだろう。

そう、例えば、臨時収入とか。

そんな素敵なイベントを起こすべく、私は賑やかな街並みを歩き進めて、ポーション瓶の看板を掲げる錬金術ギルドにたどり着いた。

入り口の扉を開けて、受付カウンターで呼び出されていることを伝えたら、すぐに商談室に案内される。

ふかふかのソファに腰を下ろし、用意してもらった紅茶を口にしていると、報酬が入っているであろう袋を手に持つ一人の女性が入ってきた。

「ミーアちゃん、お待たせ」

「ヴァネッサさん、お疲れ様です」

元Aランク錬金術師であり、錬金術ギルドのサブマスターを務めるヴァネッサさんである。

彼女が向かいの席に腰をかけると、早速、手に持っていた袋を差し出してきた。

「これがこの間の緊急依頼の報酬よ」

やったー！　臨時収入だー！　なーんて思っていても、心の声を漏らすことはない。

ニヤニヤと緩みそうな頬《ほお》をキュッと引き締め、何気ない表情を浮かべた私は、ヴァネッサさんから報酬金の入った袋を受け取る。

ぐふふっと、心の中で不敵な笑いを漏らし……たかったんだけど。


ひょいっ、ひょいっ。

報酬金の入った袋を持ち上げてみるが、そのあまりの軽さに違和感を覚えた私は、もう一度確認してしまう。

緊急依頼という重い言葉を使っていた割には、片手に収まるほど小さな袋だった。

少なそう……という気持ちはあるものの、まだわからない。高額な取引でしか扱われることのない貨幣、白金貨が含まれている可能性がある。

僅《わず》かな期待に胸を膨らませて、ゆっくりと報酬の入った小さな袋を開ける。

そこには……、数枚の金貨と銀貨が入っているだけで、満足のいく金額ではなかった。

「ミーアちゃんの作ってくれたポーションの適正買い取り価格はわからないけど、緊急依頼を引き受けてくれたことを考慮した額になっているわ」

「そ、そうですか。ありがとうございます……」

王都に良い噂が流れている身としては、予想していた展開と違い、ガッカリとしてしまう。

言われてみれば、EXポーションを納品したとしても、その価値を適切に判断できる人はいない。

そうなると、ポーションに使われた素材で報酬額を決定するのが妥当だろう。

つまり、品質の悪い薬草で作られたポーションであれば、たとえそれが最高品質であったとしても、大した金額にはならないということだ。

緊急依頼の内容が『普通の回復ポーションの作成』であったことを考えたら、これでも破格の報酬金とも言えるような気がした。

ただ、それで私が納得するかどうかは、別の話であって……。

魔力が枯渇するまで頑張ったのになーと、肩を落としていると、ヴァネッサさんに苦笑いを浮かべられてしまう。

「わかるわ。大騒ぎした緊急依頼にしては、報酬金が少ないわよね」

「えっ!? い、いえ。そんなことありませんよ。ハ、ハハハ……」

「誰も聞いていないんだし、隠さなくてもいいわ。ミーアちゃんって、顔にすぐ出るから面白いのよね」

いつものふざけた雰囲気から一転して、お姉さんっぽくなったヴァネッサさんにからかわれてしまうが、これぱかりは仕方ない。

王都の話題がそれ一色に染まり、国王様が関係者を労《ねぎら》うパーティーまで開いてくださるほど大きな事件だったのだ。

報酬に期待するなという方が無理である。むしろ、期待せずにはいられなかった。

「報酬金が重すぎて持ち帰れなかったらどうしようと、ワクワクして来たんですよね」

「あらあら、随分と可愛《かわい》らしいことを考えていたのね。高額な報酬金が支払われる場合は、事前に伝えられるわよ。錬金術ギルドで預かるか、自分で保管するのか、ってね」

「そうでしたか。こういう機会は初めてだったので、期待しすぎました」

まさか気を失うほど頑張った対価が、ささやかなお祝い程度の金額にしかならないとは思わなかった。

ヴァネッサさんになら愚痴や文句を言いやすいけど、取引先である錬金術ギルドとの関係性を悪化させたくはない。

本来では得られるはずのない臨時収入には違いないので、この金額で納得することにした。

せっかくだから、アリスにおいしいごはんをご馳走《ちそう》しようかな。

そんなことを考えていると、あまり大きな声で言えない話でもあったのか、ヴァネッサさんが前のめりになる。

「正直に言うと、本当はもっと奮発できるし、そうなる予定だったわ。でも、ミーアちゃんは微妙な立場なのよね」

不審なことを言われて、私は首を傾《かし》げる。

「もしかして、見習い錬金術師だから、ですか？　でも、錬金術ギルドに所属している以上は、正当な報酬を受け取る権利がありますよね」

「そういう意味じゃないの。錬金術師になった境遇が問題なのよ」

何か問題があったっけ……と、首を傾げたままでいると、ヴァネッサさんに大きなため息をつかれてしまった。

「ミーアちゃんは、特殊なのよ。いきなり宮廷錬金術師の助手に抜擢《ばってき》されるし、錬金術ギルドに登録したばかりで多数の契約を結んでるし、元婚約者が薬草不足の問題を引き起こしてる。報酬の金額は公表されないけど、大金を受け取ったとなれば、周囲から嫉妬や反感を買いかねないと、ギルドで話し合ったの。むしろ、今ここまで穏やかな方が不思議なくらいなのよね」

ヴァネッサさんが疑問を抱くのも、無理はない。子爵令嬢である私は、貴族の中だと身分が低い立場なので、普通はもっとヤイヤイと嫌味を言われるだろう。

街中で良い噂ばかりが流れ続ける現在の状況の方が、おかしいのだ。

ただ、そこは元婚約者のおかげと言うべきか、その人のせいと言うべきか……。

「同情されてるだけだと思いますけどね」

勤めていた冒険者ギルドを寿退職する前日に、元婚約者の浮気現場を目撃した私に対して、嫌味を言ってくる人などいない。

可哀想だと哀れむ視線を向けられることはあったとしても、傷物令嬢になった私を敵視するなんて滑稽なことだった。

必要以上に目立たない限り、悪い噂を立てたり、声を荒らげたりする人はいないと思う。

「じゃあ、もっと報酬金を弾んでおく？　すぐに金庫から取ってくるわよ」

自由奔放な性格のヴァネッサさんが本性を現し、いたずら好きの子供のようにウィンクをしてきたので、私は全力で引き止める。

「絶対にやめてください。ギルドマスターの許可が下りていなさそうなので、こちらの報酬で大丈夫です」

満足のいく金額ではないけど、わざわざ交渉するつもりはない。ヴァネッサさんが気遣ってくれた結果、この金額を提示してくれているのであれば、妥当な額だと納得することにした。

「ミーアちゃんは頭が固いのね。ギルドマスターには事後報告して、適当に言いくるめようと思ってたのに」

「せめて、事前に確認して、ちゃんと許可をとってくださいね。私まで怒られかねませんから」

まあ、ヴァネッサさんが関与したことであれば、普通に笑って済まされそうな話ではある。

でも、もしものことがあると思うと、大胆な行動は取れなかった。

仮に大きな問題になった場合、錬金術ギルドの横領に加担した、なんて噂が流れかねない。そんなことが起きたら、私の第二の人生が早くも終わりを迎えてしまう。

ホープリル家の人間としても、宮廷錬金術師の助手に誘ってくださったクレイン様のためにも、絶対に不要なトラブルは避けなければならなかった。

しかし、自由をこよなく愛するヴァネッサさんが専属担当のように対応してくれる限り、なんらかの形で大きな問題に巻き込まれそうな気はしている。

今回の件で気遣ってくれているだけに、私はありがた迷惑のような複雑な感情を抱いていた。

「ミーアちゃん、何か失礼なことを考えてなーい？」

「いえ、特に。ヴァネッサさんにもっとサブマスターの仕事があったらいいのになーと、思っただけです」

「まあっ！　心配してくれたのね。でも、大丈夫よ。全部ギルドマスターに押しつけてるから」

「もはや、どこをどう突っ込んでいいのかわかりませんよ」

普段はこうしてふざけてばかりいるが、魔物の繁殖騒動の時は、身を粉にして動き回っていた。サブマスターらしく責任感があり、とても真面目な印象だったので、やる時はやるタイプで間違いない。

今回も私のことを考えた上で、報酬金の額を決めてくれているため、文句を言いたいわけではなかった。

これまでの経験から、絶対に油断してはならない相手だと認識しているだけであって……。

「今回の事件の功労者に対して、さすがにこれだけしか報酬が支払われないのもおかしいと思うから、代わりに私が特別報酬を出すわ。目を閉じてもらってもいいかしら」

ヴァネッサさんに不穏な提案をされた私は、警戒心を高め、眉間にグッとシワを寄せる。

「目を閉じている間に変な契約を結ばされたり、いたずらされたりしませんか？」

「嫌だわ。私がそんな酷《ひど》いことをするはずがないのに。もう、ミーアちゃんったら。おちゃめなことを言うのね」

「似たような前科がありますからね。錬金術ギルドに登録する際、Ｃランクの契約を結ばされたこと、私は忘れていませんよ」

軽い気持ちでポーションの作成依頼を引き受けたら、百本も要求される契約だったので、忘れようがない。ましてや、元婚約者と取引していたウルフウッド公爵とのトラブル案件だったと後で知り、肝を冷やした。

先方が喜んでくれたからよかったものの、更なるトラブルに巻き込まれていた可能性があると思うだけでも、ゾッとする。

「今回は心配しなくても大丈夫よ。本当に悪いものではないから」

落ち着いた声音のヴァネッサさんが再びお姉さんオーラを放ち始めたので、いったん彼女を信じて、私は目を閉じた。

一応、変な契約をさせられないようにと、両手をギュッと握り締めていると、首元に何かがかけられる。

疑問に思って目を開けてみると、そこには可愛らしいデザインのネックレスがあった。

三日月型に形成された魔鉱石に白い宝石があしらわれたもので、白い魔力に包まれている。

ヴァネッサさんがいつも身につけていたネックレスだ。

「私が錬金術をやっていた頃に作ったネックレスよ。ミーアちゃんは運が良いのか悪いのかわからないから、厄除《やくよ》けに持っておくといいわ」

どんな理由ですか、と突っ込みたいところだが、あながち間違っていないので言い返せない。

特に最近は、婚約破棄して世間を騒がせたり、宮廷錬金術師の助手に選ばれたり、憧れ続けてきた錬金術師の道を歩むことになったりと、とにかく人生の起伏が激しかった。

緊急依頼の報酬金も額を絞られたばかりなのに、こうしてヴァネッサさんからネックレスを受け取るあたり、運が良いとも悪いとも言えるだろう。

「いただける分にはありがたいんですけど、いいんですか？　このネックレスには『付与』が施されていますよね」

ネックレスを覆う白い魔力は、魔法の力を与える錬金術のスキル【付与】の影響と判断して間違いない。

見習い錬金術師の私がパッと見ただけでもハッキリとわかるほど、優れた錬金アイテムのように思えた。

「緊急依頼の報酬としては、十分なものでしょう？　邪《よこしま》なものを退ける効果があるのよ」

今の私にピッタリかもしれない。邪な心を持った者からの縁談話が来なくなる……って、そんな都合の良いことは、さすがに期待しない方がいいか。

ただ、身につけてからどことなく温かいものに包まれている感覚があるため、魔法の力が強く込められたネックレスだというのは、すぐに実感する。

生活必需品であるランプやコンロの魔導具とは、付与された魔法の力が全然違う。思わずウットリとしてしまうほど綺麗《きれい》なネックレスであり、魔力を帯びた宝石が放つ輝きは、興味を惹《ひ》かれるのに十分だった。

私が知らないだけで、まだまだ錬金術は未知の可能性を秘めているに違いない。

よしっ！　今度の目標は【付与】を覚えることにしよう！　午後の形成の特訓を頑張って、早く課題をクリアしないと……！

上機嫌になった私は、ちょっとだけ胸を張って、ヴァネッサさんに笑みを向ける。

「どうですか？　似合っていますか？　冒険者ギルドで働いていた時は、アクセサリーの類《たぐい》を身につけないようにしていたので、少し違和感を覚えるんですよね」

「大丈夫よ、似合っているわ。ミーアちゃんも貴族なんだから、ちょっとくらいはおめかししないとダメよ」

「そうですね。最近はドタバタしてばかりで、そんなことを考える余裕もありませんでした。せっかくだから、これを機にもっと服装にも気を使おうかな……」

机に置かれている鏡で自分の姿を確認すると、どうしても綺麗な輝きを放つネックレスに目が引かれてしまう。

ここまで可愛いデザインに仕上げ、付与まで施されているとなれば、それ相応の金額で取引されるような気がした。

「こちらの品は、本当にいただいてもいいんですか？」

「遠慮しなくてもいいわ。ミーアちゃんに託・し・た・いなーと思っただけだから」

「……託す？」

「ううん、なんでもないの。錬金術師を引退した私には、もう必要ないだけよ」

どこか愁いを帯びたお姉さんモードのヴァネッサさんを見て、今回は本当に善意によるものだと判断する。

この機会を逃せば二度と手に入らないものだと思うので、特別報酬として提示してくださるのであれば、ありがたく頂戴しよう。

「ありがとうございます。遠慮なく報酬として受け取らせていただきますね。ちなみに、こちらは魔法の力を帯びた装備品、いわゆる魔装具というものに該当するんですか？」

「いいえ、魔装具ではないわ。私には、それが限界だったの」

「こんなにも魔力が綺麗に絡み合っているのに、魔装具として認められないんですね……」

魔装具は強力なアイテムに分類されるため、優れた錬金術師にしか作れないと思っていたけど、まさか元Aランク錬金術師でも作ることが難しいだなんて……。

錬金術の世界は本当に広いものだと実感する。

そんなことを考えながらネックレスを眺めていると、ヴァネッサさんが笑みを浮かべていた。

「ふふっ。やっぱりミーアちゃんは、魔力の流れがわかるのね」

「わかりますよ。魔力が均一に張り巡らされていて、とても繊細な付与だと思います。まあ、付与スキルはやったことないんですけどね」

「やってみるといいわ。ミーアちゃんならできると思うから」

お姉さんモードのヴァネッサさんに背中を押され、影響を受けやすい私の心に火がついた。

薬草不足が解消されたら、【付与】を学ぶ時間が取れるとは思えない。

今日中に形成領域の安定化の課題を終わらせて、絶対にクレイン様から付与スキルを教えてもらおうと、心に誓うのであった。


翌朝、宮廷錬金術師の工房を訪れると、ポーションの研究に励むクレイン様の姿があった。

朝早いにもかかわらず、すでにいくつもの試作ポーションが作業台の上に並べられている。

「ミーア。早速で悪いが、この試作品がどれくらいＥＸポーションに近づいたか、確認してくれないか？」

「わかりました。少々お待ちください」

先に更衣室に向かった私は、バッグから作業服とエプロンを取り出した。

急いで着替えを済ませて、作業の邪魔にならないように髪を後ろで結ぶ。

「服装は……乱れてないよね。よしっ、今日も頑張ろう」

気持ちを切り替えた私は、更衣室を離れて、作業場に足を踏み入れた。

クレイン様の向かいに立ち、ポーションを一本ずつ手に取り、宮廷錬金術師の助手……という名の御意見番として、ポーションの品質を確認していく。

調合されたポーションの色合いや不純物の有無、魔力の安定具合など……。様々な項目をチェックして、ポーションの良し悪しを判断する。

「うーん……。回復成分が多めに含まれる程度で、まだEXポーションと呼べるような状態ではありませんね。でも、魔力量が豊富に含まれている分、普通のポーションよりは有用だと思いますよ」

本来なら、侯爵家であるクレイン様に対して、もっと言葉を選ぶべきだろう。しかし、錬金術のことに関しては、変に気遣わずにビシッと言うようにしていた。

相手の機嫌をうかがうような言葉だと正しく伝わらないかもしれないし、間違って伝わると研究の足を引っ張る恐れがある。

特にEXポーションのような特殊なものを研究するなら、なおさら正確に伝える必要があると感じていた。

クレイン様も似たような考えを持っているみたいで、しっかりと耳を傾けてくれている。

「結論を出すにはまだ早いが、やはり調合領域と形成領域を同時に展開しないと、EXポーションはできそうにないな」

「きっと同時に展開することで、特別な領域に変換されるんでしょう。オババ様の話では、EXポーションは神聖錬金術で作るもの、みたいですからね」

オババ様——改め、問屋のバーバリル様が【悪魔の領域】と呼ばれる特別な力を操る錬金術師だと発覚したのは、魔物の繁殖騒動でEXポーションを作っていた時のこと。

本来は【神聖錬金術】によって生み出される特殊な領域だと教えてくれただけでなく、的確なアドバイスをしてくれたり、体にかかる負荷を心配してくれたりしていたのだが……。

「その肝心のオババが、詳しいことを教えてくれないがな」

「そうなんですよね。いつもはぐらかされてしまいます」

ひねくれ者でもあるオババ様が、素直に教えてくれるはずもない。オババ様の忠告を無視して、強引にEXポーションを作ったことも悪印象を与えているみたいで、あれ以降ご機嫌取りに草餅を渡してもあまり効果が見られなかった。

錬金術の技術は、基本的に身内や弟子以外に教えることがないため、無理に聞き出すわけにはいかない。不用意に足を踏み込むとマナー違反になる恐れがあり、白い目で見られてもおかしくはない行為だ。

それでも、オババ様が何かを隠しているようにしか思えなくて、ついつい気になってしまう。

おいしそうに草餅を頰張《ほおば》るオババ様の姿を思い出す限り、深く考えすぎなのかもしれないが。

「オババ様のことですから、黙っていた方が面白そうだと思い、内緒にしているんですよ」

「間違いない。何か悪いことを企《たくら》んでいなければいいんだが」

「必要以上に問いたださない限りは、大丈夫だと思います。……たぶん」

絶対に大丈夫、と言い切れないところが、オババ様の怖いところである。

クレイン様もオババ様と付き合いが長いので、そのあたりのことはよくわかっているだろう。

オババ様と程よい距離感を保ちつつ、やんわりと探りを入れているみたいだった。

「現状としては、ＥＸポーションの研究を進めて、様子を見るしかない。ポーションの在庫を作るという意味でも、有用な研究になるだろう」

「王都の薬草不足が解消するような話は、まだ耳に入ってきませんからね」

「そういうことだ。王都周辺は騎士団も警戒しているが、油断大敵な状況と言える。もしも再び魔物の繁殖が起きた時、またミーアに負担をかけさせるわけにはいかないからな……」

そう言ってポーションを作り始めるクレイン様の姿を見て、私はアリスの言葉を思い出す。

『話も合うみたいだし、将来有望だし、ミーアのことを気にかけてくれている。これはもう運命の神様の導きだよ。私は両者ともに脈ありとみたね』

クレイン様が気にかけてくださっているのは、間違いようのない事実だ。でも、あくまで一人の錬金術師として見られているわけであって、女性として見られているわけではない。

彼が色恋沙汰で動くはずもなく、工房で一緒に作業をしていても、変な空気になったことは一度もなかった。

しかし、アリスだけが誤解するならまだしも、不思議とヴァネッサさんや元婚約者にも勘違いされたことがある。

「……」

何気ない顔でポーションを作るクレイン様は今、何を考えているんだろうか。

決してアリスに触発されたわけじゃないけど、心がモヤモヤしてきたので、思い切って問いかけてみることにする。

「作業中のところ恐縮ですが、錬金術に関係のないことをお聞きしてもよろしいですか？」

「どうした？」

「クレイン様はご結婚されないんですか？　確か、まだ婚約されていませんよね」

「興味ないな。親はうるさくなり始めたが、基本的に無視している」

表情を変えることなく調合作業を続けるクレイン様は、本当に興味がなさそうだった。

やはり、私とクレイン様はあくまで師弟関係であり、男女の関係に発展することはない。

だからこそ、あえて深く切り込んでみよう……！

「婚約破棄した私が言うのもなんですけど、後継ぎに影響することを考慮したら、なかなか先送りできない問題ではありませんか？」

「うちに関しては、何も問題ない。王都で自由奔放に錬金術をする俺とは違い、弟が領地で真面目に勉強している。領地経営から後継ぎまで、すべて弟に任せるつもりだ」

「あっ、弟様がいらっしゃったんですね」

「弟も妹もいるが、年齢が離れていることもあって、社交の場で顔を合わせたことがないのかもしれないな。俺に似ず、温厚で優しい奴らだぞ」

「そうですか？　クレイン様も優しいと思いますけどね」

錬金術に対して厳しいところはあるものの、それはクレイン様が真面目に向き合ってくれているからであって、優しくないわけではない。むしろ、とても気遣ってくださる印象だった。

宮廷錬金術師の助手に誘ってくれた時も、すぐに決断してくれたおかげで、円滑に婚約破棄が成立して——。

「あっ、珍しく失敗しましたね」

調合作業中の魔力が霧散すると、薬草の成分が沈殿して、少し濁ったポーションができてしまっていた。

「今のはミーアが悪い。気が散った」

ムスッとした表情を浮かべながらも、頬を赤く染めるクレイン様は、明らかに照れている。

世間では天才だと称賛されているのに、性格や人柄は褒められ慣れていない様子だった。

気難しいことで有名なクレイン様が見せる表情とは思えない。きっとこういう私たちの姿を見て、二人でベタベタしていると誤解されているんだろう。

今まで彼が一人で工房を運営してきたから、些細《ささい》なことで色恋沙汰だと間違われてしまうのだ。

うんうん、そうに決まってる。絶対に間違いない！

「普段なら話すくらいでは動揺なんてしないじゃないですか。まさかこんな弱点があるとは思いませんでしたよ」

「動揺なんてしていないし、弱みを握られた覚えもない。気が散って集中できなくなっただけだ。勘違いしないでくれ」

「わかりました。では、そういうことにしておきますね」

珍しく小さな男の子のように意地を張るクレイン様の言葉を軽く受け流して、私は汚れた作業台を掃除する。

失敗したポーションは冒険者ギルドで相応の値で買い取ってもらおうかなーと思っていると、何かに気づいたのか、クレイン様に目を細められてしまう。

「ところで、そのネックレスはどうしたんだ？」

「ふっふーん。ついに気づいてしまわれましたか。実は錬金術ギルドに報酬金を受け取りに行った際に、ヴァネッサさんからいただいたんですよ。とても綺麗なネックレスですよね」

自慢するように胸を張った私とは対照的に、クレイン様の表情が暗くなる。

「綺麗ではあるが……。そうか、ついに手放したか……」

何やら重い雰囲気が流れ始めたので、思わず私はヴァネッサさんのネックレスを握り締めた。邪なものを退ける効果があると聞いていたのに、真逆の効果が発生していないだろうか。

「安易にいただいたら、まずいものでしたか？」

「いや、ヴァネッサが作ったものだ。俺がとやかく口を挟むことではない。ただ、本当に彼女は錬金術師に戻る気がないんだと思ってな」

そういえば、ヴァネッサさんからネックレスを受け取る時に『ミーアちゃんに託したいなーと思ったただけだから』と、言われたっけ。

元Aランク錬金術師のヴァネッサさんが、見習い錬金術師の私にネックレスを託す意味がわからないけど、やっぱり聞き間違いではなかったのかもしれない。

思いを巡らせながらヴァネッサさんのネックレスを見ていると、クレイン様が大きなため息をこぼす。

「まだミーアにはわからないかもしれないが、そのネックレスはかなり高価なものだぞ。王都の一等地に大きな屋敷を建てられるほどの値がつくだろう」

「えっ!!」

王都の一等地に、大きな屋敷……？　ま、またまた～。なんの冗談ですか？　そんな値が張るものを気前よくくれる人は、この世に存在しませんよー。

そう言って笑い飛ばしたい気持ちはあるものの、クレイン様はそういうことを冗談で口にするタイプではなかった。

ヴァネッサさんがお姉さんっぽいオーラを全開にしながら『緊急依頼の報酬としては、十分なものでしょう？』なーんて言っていたけど……。

いやいや！　さすがにもらいすぎだから！　過剰報酬すぎるよ、ヴァネッサさん!!

「ヴァネッサさんって、そんなにすごい錬金術師だったんですか？」

「あんなに自由気ままに過ごしていても怒られることもなく、錬金術ギルドのサブマスターを任せられているくらいだ。ヴァネッサ以上に優秀な錬金術師など、ほんの一握りしかいないぞ」

宮廷錬金術師のクレイン様に、そこまで言わせるだなんて……。

あらあら〜、とか、いつもふざけている印象しかないのに！

「ちなみに、ヴァネッサが引退して何年も経つが、この国で肩を並べる現役の錬金術師は一人しかいない。魔装具の研究に関して言えば、今でも最高峰のレベルだろう」

「ええっ！　そ、そんなにですか!?　元Aランク錬金術師とは聞いていましたけど、そこまで高度な技術力を持っていただなんて……」

「他のAランク錬金術師と比較するのも、おこがましいくらいだな。彼女が再び錬金術師の道を歩むことを望む者も多い」

じゃあ、ヴァネッサさんが作ったこのネックレスは……。

最高品質であり、プレミアものってこと!?

「つまり、この広い王都で今、誰よりも高価なネックレスを身につけている人物は、ミーアということになるな」

「冗談……だと言ってください。まさか国王様が身につけるものよりも高価なわけはありませんよね？」

「詳しくはわからないが、国王陛下の持つものより高価でも不思議ではない。最低でも同等の価値があると思うべきだな」

ちょ、ちょっと待ってください！　そうなると話がややこしくなります！

いくら宮廷錬金術師の助手とはいえ、子爵家の私が国王様よりも目立つのは、大変よろしくあり

う。

「コ、コチラハ、カエシテキマスネ」

大量の冷や汗を流し、言葉遣いがおかしくなり始めた私は、急激にぎこちない動きになってしまう。

それを見たクレイン様は、無駄だと言わんばかりに片手を前に出して、引き留めてきた。

「もう遅い。そのネックレスを手放した時点で、ヴァネッサの意志は固まっているはずだ。返そうとしても、受け取ってもらえないと思うぞ」

ヴァネッサさんと付き合いの長いクレイン様が無理だと判断するなら、本当に難しいのかもしれない。一度受け取ったものを返すというのも、失礼な行為にあたる気がする。

ど、どうしよう。婚約という首輪が外れた代わりに、高価すぎるネックレスを身につけることになるなんて……などと戸惑う反面、錬金術が大好きな私の思考回路は、図々《ずうずう》しい方向へと向かい始めていた。

それほどすごい錬金術師だったヴァネッサさんに託されたものならば、もう受け取るしかないのでは？　と。

「本人に返せないのなら、仕方ないですよね。せっかくいただいたものですし、私が身につけた方がネックレスも喜ぶかなー……なんちゃって」

ニヤニヤしそうな頬を引き締めているつもりなのだが、すべて顔に出ているのかもしれない。

クレイン様に、現金な奴だと言わんばかりに、目を細められてしまう。

「俺はミーアの考えを否定しないぞ？　邪な気持ちが垣間見えるような気はするが」

「私の名誉のために言っておきますが、単純に返すのが惜しいわけではありませんよ。次の新しい目標として、付与スキルを身につけることにしたんです。その見本品にしたくて、手元に置いておきたいと思っただけです」

まったく欲しくないのかと聞かれたら、そうでもないと答えるけど。

錬金術師として箔《はく》がつきそうだし、可愛いものを身につけると気分が良くなるし、錬金術でこういうアイテムを作ってみたいと思っていたから。

「ミーアはまだ形成スキルを身につけたばかりだ。本当はもっとスキルが安定するまで、新しいことを覚えるのは避けた方がいいんだが……。ヴァネッサがネックレスを渡した以上、そうも言っていられないな。本人のやる気があるうちに、付与スキルにも挑戦してみるか」

期待されても困るが、今は付与スキルを学べる機会ができたことを素直に喜ぼう。

「じゃあ、付与スキルに必要なものを買い出しに行ってきてもいいですか？」

「構わないが、俺は付与スキルを教えられるほど熟練度が高くないぞ。あと、他の業務に支障をきたすようであれば――」

「大丈夫ですよ。薬草不足でポーションの納期は延期になりましたし、御意見番の仕事もちゃんとしますから。では、いってきます！」

「わかっているなら問題はない。気をつけて行ってきてくれ」

クレイン様の許可が下りた私は、高鳴る気持ちを抑えることができず、勢いよく飛び出していくのだった。


クレイン様の工房を後にした私は、王都の西側の大通りを歩き進めて、馴染《なじ》みの店を訪ねる。

錬金術に必要な薬草や鉱物などが豊富に揃《そろ》った問屋さんだ。

店主のオババ様がぼったくりをすることばかり考えているがゆえに、隠れた名店になっているのだが……。

今日は珍しく先客の男の子がいて、和気あいあいとした雰囲気でオババ様と話していた。

私と身長があまり変わらない幼い顔で、動きやすそうなカジュアルな格好をしている。鮮やかな銀髪と碧眼《へきがん》が特徴的で、とても物腰が柔らかかった。

初めて見るけど、オババ様の知り合いか常連の子なのかもしれない。話題はおそらく、オババ様が品定めしている装備品についてだろう。

腕につけるもののようだが、頑丈な印象を抱くほどゴツゴツとしていて、小手のようにサイズが大きい。素材には金属が使われていて、錬金術師が装着するようなものには見えなかった。

「だいぶマシな付与ができるようになってきたねえ」

「バーバリル様にそう言っていただける日が来るなんて……。ありがとうございます！」

パァーッと表情が明るくなり、目をキラキラと輝かせる男の子は、子犬のような雰囲気がある。

短い尻尾をブンブンと振って喜んでいるみたいだった。

「褒めちゃいないよ。マシなだけさ」

一方、渋い顔をするオババ様は、職人肌の頑固オヤジみたいな雰囲気がある。

素直に褒めてあげたらいいのに……と思っても、二人の会話に余計な口を挟むつもりはない。

オババ様はツンツンしているけど、男の子は喜んでいるので、ちゃんと意思疎通はできているみたいだった。

「自分でもまだまだ課題があることはわかります。この腕輪だと、魔力消費の大きさに比例して、出力が過剰に増え……」

どうやら自作した腕輪を持ち込み、オババ様に相談しているらしい。

オババ様とは長い付き合いだけど、こんな姿は一度も見たことがないだけに、新鮮味を感じた。

きっとオババ様のことだから、この男の子が作る腕輪を見て、面白いと感じる何かがあったに違いない。

「くだらないことで悩んでるんじゃないよ、まったく。これ以上は茶菓子でも持ってこないと、口が回らないね」

「次に来る時は、必ず用意してきます！」

意訳すると、茶菓子でも食べながらのんびりと話したい、とのこと。

本当にオババ様のお気に入りの子で、こうして面倒を見ているのかもしれない。

あまり人の話を立ち聞きするものではないな！……と思いつつも、魔法の力が込められた腕輪を見て、私の錬金術大好きセンサーがビビビッ！　と反応している。

もしかしたら、魔装具なのでは？　と。

聞いてはいけないと頭でわかっていながらも、聞き耳を立てていると、支払いを済ませた男の子がオババ様に小さな紙を手渡す。

そして、オババ様に見せていた腕輪を装着して、大量の魔鉱石や魔石が入った大きな箱をひょいっと、軽々と持ち上げた。

「……」

その光景を目撃した私は、開いた口が塞《ふさ》がらない。

見習い錬金術師になった際、オババ様に大量の魔鉱石をプレゼントされたこともあり、どれほどあの箱が重いかを知っている。

腰が砕けそうになりながら運んだことを、体はしっかりと覚えているから。

決して力があるように見えないのに、いとも簡単に持ち運べるということは、やっぱり……。

顔色を変えずに大きな箱を持ち運ぶ男の子は、私の横を通り過ぎて、店を後にする。

彼の姿をジッと見送った後、私はすぐにオババ様に詰め寄った。

「もしかして、さっきの男の子が持っていたのは、魔装具ですか!?」

「あんなものを魔装具とは言わないよ。まだまだ魔装具になりきれていない紛《まが》い物さ」

「でもでも！　すごい力を発揮して帰っていきましたよ！」

「制御できる範囲で使っているんだろうに。あれくらいできなきゃ、紛い物にすらならないね」

あれだけパワフルな力を得ても、魔装具の紛い物扱いにしかならないなんて……。

ヴァネッサさんのネックレスでも魔装具とは呼べないみたいだから、納得せざるを得なかった。

でも、たとえ紛い物であったとしても、あれほどの力を手に入れられるのであれば、きっと世界は変わるはず。

「怪力になる魔装具、力の腕輪……！」

もしもあの腕輪を身につけることができたら、私の人生はどうなるだろうか。

オババ様の店で買い込んだ素材を楽々運べるだけでなく、誰かに危害を加えられそうになっても自分で対処することができる。

なにより、尋常じゃない力を持つ怪力令嬢だと思わせることができたら、変な縁談話も来なくなるかもしれない！

仮に結婚したとしても、岩すら簡単に持ち上げられる女性となれば、浮気などという浅はかな行動を取られることはなくなるだろう。

爵位の関係で下の立場になることが多い私は、物理的な力の差で上の立場を取ればいいのだ。

アリスが教えてくれた平民の言葉にも、こんなものがある。


力こそパワー、筋肉は裏切らない、と。

まあ……この場合、筋肉ではなく錬金術になるのかもしれないが、細かいことを考えるのはやめよう。

「なんだい？　あんたも魔装具に興味があるのかい？」

「今、急激に興味を持ち始めたところですね」

「イーッヒッヒッヒ。そいつはいいことだねえ。まだ早い気もするが、あんたにも期待しているんだよ」

　あんたにも、か。やっぱりさっきの男の子は、オババ様のお気に入りだったみたいだ。

　クレイン様は付与スキルが苦手だと言っていたし、どこかで話だけでも聞けるとありがたいんだけど……。

　まずはやれることから始めるしかない。

「私はまだまだ見習い錬金術師なので、過度な期待はやめてくださいね。今日から付与の練習を始めようと思って、買い出しに来たところなんですから」

「それを早く言いな。まったく、運がないねえ。ちょうど今売れたばかりで、目ぼしいものは全部持っていかれちまったよ」

「いきなり高価なもので練習するのは、素材がもったいないです。安価なもので済ませますよ」

　そう言った瞬間、オババ様がニヤーッと不敵な笑みを浮かべた。

「品質の悪い素材ならいっぱいあるねえ。どれでも高値で持っていきな」

「そこは安値にしてください」

「固いことを言うんじゃないよ。宮廷錬金術師の助手なら、もっと経費をジャンジャンと使いな。

さて、特別におすすめを選んであげるとしようか」

どこからともなく汚い魔物の素材を取り出し、おすすめセットを作り始めるオババ様を見て、私は全力で止める。

「せっかくですが、遠慮します。すっごい無駄な詰め合わせが完成しそうな気がしますので」

「……人の厚意は受け取っておくものだと、教えなかったかい？」

「ぼったくりは別ですよ」

チッと舌打ちしたオババ様が手を止めた後、私は付与スキルに使う魔石を入念に確認する。

調合で薬草を使うのと同じように、付与では魔石や魔物の素材を用いて作業するのが一般的だ。

それらの素材から魔力を取り出すことで、対象物に様々な属性の魔法を付与することができると聞く。

素材の厳選も錬金術師の腕と判断されるため、良質なものを選ばなければならなかった。

「練習とはいえ、できるだけ魔石の核が綺麗で、魔力が豊富なものを……っと」

一つずつ手に取り、品質を確かめていると、不意にオババ様が隣にやってくる。

そして、不気味な笑みを浮かべながら、売り物にならないヒビの入った魔石を差し出してきた。

期待の眼差《まなざ》しを向けられるところ申し訳ないが、付与スキルの練習をするために買うとしても、不良品を選ぶことはない。

しかも、先ほど断ったばかりなので、さすがに買わないとわかると思うんだけど。

ああ～……。もしかしたら、話し相手がいなくなって、構ってほしいのかな。オババ様は寂しがり屋さんの一面を持つからなー。

「そういう商売ばかり続けていると、いつか恨みを買いますよ」

「イーッヒッヒッヒ。恨みなら山ほど買っているさ。今頃こんなちっぽけな恨み一つくらいじゃ、何も変わりはしないよ」

「変な自慢をしないでください。食べ物の恨みと同じで、お金の恨みも人が変わりますからね」

「あんたは平和な時代に生きているから、そんな呑気《のんき》なことが言えるのさ。本物の恨みを持っている連中は、何も言わずにナイフに毒を塗ってやってくるもんだよ」

あまりにも殺意の高そうな方法を聞いて、私は余計なことを口走ったと反省する。

神聖錬金術を使いこなすオババ様は、戦場で他国の兵士の鎧《よろい》や剣を溶かして、死地をくぐり抜けてきたお方だ。

その恐ろしい錬金術は【悪魔の領域】と呼ばれ、すべての鉱物を畏怖《いふ》させたと聞いている。

敵対した国からは、数えきれないほどの恨みを買っていても不思議ではない。たとえ、戦争が終わったとしても、月日が流れようとも、それが消えることはないだろう。

もしかしたら、客か刺客かを見抜くために、ぼったくり行為で試している可能性も……。

「おや？　こんなところに綺麗な魔石が売れ残っていたよ」

「ヒビが入っている面を手で隠さないでください。売れない魔石だというのは、先ほど確認しましたからね？」

私の考えすぎかもしれない。いや、間違いなく考えすぎだ。オババ様は老後の楽しみとして、純粋にぼったくりを楽しんでいる。

クレイン様に優れた錬金術師だと教えてもらわなかったら、こんなことを考えることもなかったけど。

「こうして何気なく話していますけど、オババ様は有名な錬金術師だったんですね」

「今までなんだと思ってたんだい？」

「普通に問屋さんを営む店主だと思っていました」

「イーッヒッヒッヒ。あんた、錬金術が好きなくせに知識は浅いままだねえ。もう少し勉強しないと、そのうちどっかで大きな恥をかくよ」

うぐっ……。さすがにそれは否定できない。

錬金術の世界に身を置き始めたばかりとはいえ、私は国を代表する宮廷錬金術師の助手になったのだから。

錬金術の知識を知らないだけで馬鹿にされたり、失礼な態度を取ってしまったり、顧客の質問に答えられなかったりと、業務に支障が出る恐れがある。

そういったところから信頼は失われてしまうので、実験やスキルの鍛錬ばかりして、助手の仕事を疎《おろそ》かにするわけにはいかなかった。

でも、錬金術の技術についてならまだしも、些細な知識までクレイン様に頼っていては、ご迷惑をかけるだけだし……。

どこかに良い先生はいないかなーと思っていると、ちょうど目の前に寂しがり屋さんで話し相手を欲している人がいることに気づく。

「じゃあ、商品を選んでいる間だけでも、錬金術のことを教えていただけませんか？　錬金術の基礎知識や常識を身につけるために、勉強しなければならないと思っていたところなんですよね」

「はぁ～、仕方ない子だねえ。オーガスタのせがれに聞けばいいだろうに、まったく」

嫌そうな言葉を並べつつも、話し好きなオババ様は、魔石を選ぶ私の隣に椅子を持ってくるくらいにはノリノリだった。

やっぱり話し相手が欲しかったらしい。長期戦を考慮して、お茶まで持参している。

私、そんなに長居するつもりはないんだけど……まあ、いっか。オババ様に捕まったと言えば、クレイン様も許してくれると思う。

大事な取引先との接待ということにして、私はオババ様の錬金術講座を聞くことにした。

「基本的なことから確認させていただきたいんですが、家庭で使用されるランプやコンロは、錬金術で魔法の力を付与されたものですよね」

「当たり前だよ。【形成】で木材や鉱物の形を整え、【付与】で魔石や魔物の素材から魔法の力を継承する。その完成品を魔導具と呼び、どこの街でも買えるような時代になったねえ」

「今となっては、生活に欠かせない製品ですよね。主に形成スキルを使って生計を立てる錬金術師は、日常生活に必要なものを作る人が多いと聞いたことがあります」

錬金術師が専門分野を選ぶのも、こういった幅広いアイテムが対象になる影響だ。

必ずしも【形成】や【付与】といったスキルを中心に専門を選ぶわけではない。魔導具を専門に作ったり、一般家庭で使う錬金アイテムを専門にしていたり、クレイン様みたいにポーションを専門に研究したりする人もいる。

そして、近年最も研究が進んで注目されている分野が、錬金術を使った武器や攻撃アイテムであって——。

「馬鹿を言っちゃいけないよ。ランプの魔導具の出力を高めれば、閃光弾《せんこうだん》として目潰《めつぶ》しに使える。コンロの魔導具の出力を高めれば、爆弾も作れる。裏では悪い取引をしている輩《やから》も多いもんだ」

錬金術の世界は、物騒な雰囲気に染まりつつあった。

「同じ技術であったとしても、製作者の心ひとつで、製作物も用途も大きく変わりますね……」

「使う者によっても変わるがね。魔物を討伐するという名目で依頼を出せば、大体すんなり通って作ってくれるもんさ。あんたが作ったポーションも、悪事に使用するために購入されたのかもしれないよ」

「怖いことを言わないでください。ちゃんとした取引先にしか卸していませんから」

「イーッヒッヒッヒ。夢を見すぎだねえ。いつの時代でも、錬金術は生殺与奪に関与するものさ」

さすがはオババ様だ。戦場で生き抜いてきた錬金術師ともなると、考えることが違う。

錬金術を楽しみ、それに夢を思い描く私とは、見えている世界が別もののように感じた。

「そういう話を聞くと、魔装具なんて代物が存在してもいいのか、疑問に思ってしまいますね」

「さっきも言ったろうに。使う者によって変わるとね。そんな細かいことを気にしてちゃ、いつまで経っても何もできやしないよ」

「おっしゃりたいことはわかりますよ。でも、危険なものだと思うと、魔装具を作りたいという気持ちが薄れてしまうんですよね」

実際に作れるかどうかは別にして、自分が作ったものを人殺しの道具に使われることには、大きな抵抗がある。

仮に私の作ったアイテムで力を振るわなければならないなら、あくまで人を守るために使ってほしい。

……変な縁談話を寄せつけないように力の腕輪が欲しい、と思っている私はそんなことが言える立場ではないかもしれないが。

「呆れたねえ、あんた。見習い錬金術師なのに、仕事を選ぼうっていうのかい？」

「お言葉ですが、薬草の品薄が解消されれば、見習い錬金術師にしては忙しい身ですので。仕事を選べるのであれば、やりたいものだけに専念したいですね」

私は宮廷錬金術師になりたいとか、Sランク錬金術師を目指すとか、後世に受け継がれる品を作りたいとか、大きな野望がない。

のんびりと錬金術を楽しめれば、それでいい。

だから、無理して魔装具づくりに挑戦する必要は――。

「もったいないねえ。あんたが欲しそうな魔装具なんて、世の中にはいっぱいあるっていうのに。たとえば、そうだねえ。体を浮遊させ、空が飛べるようになる風の指輪はどうだい？」

えっ！　魔装具を身につけるだけで空が飛べるようになるんですか!?　それは、普通に欲しいかも……。

「異空間を作り出し、見た目よりも遥《はる》かに多くのものを収納できるマジックポーチも便利だねえ」

最近は買い出しで重たいものを持ち運ぶ機会が増えて、バッグの重さと大きさが気になり始めている。

オシャレなデザインに仕立て上げたマジックポーチを身につけることができたら、貴族令嬢らしく、とてもスマートな買い物ができるかもしれない。

「体の異常を検知し、ありとあらゆる状態異常を防ぐ破邪のネックレスもいいねえ。腐ったものを食べても勝手に解毒してくれるよ」

さすがに腐ったものを食べる趣味はないけど、いつまでも健康でいられるという意味では、とても有用そうなものだ。

魔物の繁殖騒動の際、ポーションづくりで魔力が枯渇して、満足に食事も取れない経験をした私にとっては、実用性の高い魅力的なアイテムに思えてしまう。

こうしてオババ様に魔装具の説明を受けていると、不思議と意欲が湧いてくるのだから、私は単純なんだろう。

せっかく錬金術の勉強をしているんだから、やっぱり魔装具づくりに挑戦してみるのもいいかもしれない。

「それで、オババ様が今おっしゃった魔装具は、どうやって作るんですか？」

「自分で考えな。そこまで甘くないよ」

うぐぐっ。オババ様は変なところで飴《あめ》と鞭《むち》を使い分ける。魔装具を作りたいという欲求だけを高めさせて、突き放してくるとは思わなかった。

こうなったら少しでも早く上達するように、多めに素材を買い込んで付与の練習を頑張ろうかな……と、心が動かされるあたり、オババ様の思うツボだと悟った。

「ところで、あんた。そのネックレスはどうしたんだい？　今までつけていなかっただろうに」

やっぱりオババ様レベルの錬金術師になれば、パッと見ただけで高価なネックレスだと見抜いてしまうんだろう。

珍しく神妙な面持ちをしたオババ様が、ヴァネッサさんの作ったネックレスを眺めていた。

「知り合いからいただいたんですよ。とても綺麗なネックレスですよね」

「イーッヒッヒッヒ。本当に良いネックレスをもらったもんだねえ」

「えっ！　ま、まさかオババ様が躊躇《ちゅうちょ》なく褒めることがあるだなんて……」

「いつでも素直な気持ちを言っているだけさ。そこまでひねくれちゃいないよ」

世界で一番ひねくれているような気がするけど、私はその言葉を口に出さなかった。

万が一、いや、億が一の可能性で、世界にはオババ様よりひねくれた人がいるかもしれない。

最近は気遣ってくれるだけでなく、錬金術師になったお祝いの品までプレゼントしてもらっているため、彼女の言葉を否定しにくい状況だった。

しかし、これらはすべて善意……というより、オババ様にとっての面白い出来事に繋《つな》がるみたいなので、なんとも言いがたいものではある。

そんなオババ様は、優れた錬金アイテムを見ることができて嬉《うれ》しかったのか、すっかりと上機嫌になっていた。

鼻歌交じりに席を立つと、一枚の紙切れを持って戻ってくる。

「オーガスタのせがれと、これに行ってきな」

そう言って渡してくれたのは、力の腕輪を持っていた男の子がオババ様に渡していたものだ。

「力の腕輪の試験会の招待状、ですか。えっ！　場所は、王城の騎士団訓練場!?　いったいあの子は、何者……」

オババ様に気に入られている時点で怪しいとは思っていた。

でも、まさか国が関わるほどの案件をこなしている子だったなんて……。

「あの子はあんたと同じで、宮廷錬金術師の助手をしているよ。魔装具に関わりたいなら、知り合っておいて損はないねえ。もっと現実を見て、錬金術の世界を広げてきな」

「い、いいんですか？　オババ様の代わりに、私が行っても」

「構いやしないよ。行く気なんてこれっぽっちもありゃしないからね」

確かに、オババ様が素直に参加するとは思えない。だから、男の子も力の腕輪を持ち込み、わざわざ見せに来ていたんだろう。

オババ様が許可を出してくれるのであれば、挨拶も兼ねて行ってみるのもいいかもしれない。

「では、お言葉に甘えたいと思います」

「そうだよ。人の厚意は受け取っておくもんだ。あんたにも期待しているんだからねえ、イーッヒツヒッヒ」

随分と上機嫌なオババ様を見て、また何か面白いことが見つかったんだろうなーと、私はどこか他人事《ひとごと》のように思うのだった。

力の腕輪の試験会

オババ様の店を訪ねた翌日。力の腕輪の試験会を見学するため、私はクレイン様と共に騎士団の訓練場の二階を訪れていた。

王城の東にある騎士団の訓練場は、二階から全体を見渡せる造りになっている。宿舎と共に国が管理していて、大勢の騎士が苦楽を共にする場所だ。

すでに今日の騎士団の訓練も始まっていて、重い金属製の鎧《よろい》を着用した騎士たちが筋肉や体力を鍛えるトレーニングに励んでいる。

「なんだか懐かしいなー……」。こうして騎士の訓練を見学するのは、小さい頃に来た時以来かも」

父が騎士を引退して、教官になった頃、家族で騎士団の訓練場を訪れたことがある。

当時の私は幼すぎて、武器を持った騎士の迫力に圧倒され、怯《おび》えてばかりだった。

厳しく指導する父の姿は、誰が見ても怖いと思うほどで、訓練場が緊迫した空気に包まれていたことをよく覚えている。

あの頃と同じように目を光らせて巡回する父の姿は、今も昔も変わらなかった。

「お前に甲冑《かっちゅう》はまだ早い。まずは訓練に耐えられるだけの体力をつけてこい」

「は、はい……」

変わった点を挙げるならば、昔はもっと声を張り上げて、騎士全体の訓練を統率していたことだ。

今は年を重ねて温厚になったのか、気になる人にだけ声をかけて、直接指導している。

全体の訓練を見ている教官は別にいるため、それぞれ仕事を分担しているみたいだった。

こうして改めて父の姿を見てみると……。やっぱり鬼教官と呼ばれているだけあって、訓練中の顔つきは一段と怖い。

訓練場全体にピリピリとした空気が流れ、騎士たちが気を張り詰めているので、父が優しくなったわけではないと察した。

そんな光景をクレイン様と一緒に眺めていると、私の錬金術大好きセンサーがビビビッ！　と反応する。

「あっ！　見てください、クレイン様。向こうに力の腕輪をつけた騎士たちが何人かいらっしゃいますよ」

試験会ということもあり、力の腕輪を装着した小柄の騎士と、ひときわ体格の良い騎士が剣を交えている。

オババ様が魔装具の紛《まが》い物と言っていたものの、その力は十分だとわかるほど、体格差を感じさせない打ち合いをしていた。

やっぱり錬金術はすごい……！　と、思わず私は目を輝かせる。

その一方で、何やらクレイン様は落ち着かない様子だった。

「遠足ではないんだ、あまり騒がないでくれ」

「何を言っているんですか。こんなところで子供扱いをしないでください。騎士団の協力を得た大規模な試験会なんて、滅多にないことだと思いますよ」

「それはそうなんだが、気乗りしないイベントだ。ミーアは知らないと思うが、いくつもの工房から錬金術師が集うようなイベントは、トラブルが起こりやすい」

「曲がったことが大嫌いな父もいますから、問題が起きても対処してくれますよ。それよりも、他の錬金術師の作品を見学しましょう。いい息抜きになるはずです」

「気持ちはわからないでもない。ただ、この作品はだな……」

珍しく口をモゴモゴさせるクレイン様に疑問を抱いていると、先日オババ様の店にいた男の子が、ものすごい勢いで近づいてくる。

「く、クレイン様!?」

あれ？　お知り合いでしたか？　と思ったのも束《つか》の間《ま》、見つかってしまった……と言わんばかりに、クレイン様は額を手で押さえていた。

「やはり力の腕輪を製作したのは、リオンだったか」

「は、はい。魔装具を完成させることが、僕の夢なので」

リオンと呼ばれた男の子は、目を輝かせてクレイン様を見つめている。

その熱い眼差《まなざ》しは、若くして宮廷錬金術師になったクレイン様を尊敬しているみたいだった。

「パッと見た限りでは、まだまだ魔装具と言えるほどの力を有していない。だが、騎士団に採用されるところまで仕上がっているなら、順調のようだな」

「あ、ありがとうございます……！」

クレイン様の言葉を聞き、勢いよく感謝の一礼を決めたリオンくんは、とても嬉《うれ》しそうだ。

目に見えない尻尾をブンブンと振り、オババ様の時と同じように子犬化しているように感じる。

しかし、その光景を見た私は、複雑な感情が芽生え始めていた。

どうして私よりも師弟関係っぽいのだろう、と。

本来なら、私とクレイン様がこういう雰囲気にならなければならない。でも、現実は対等の関係のような形であり、師弟関係とは程遠い印象だった。

これには、御意見番という役目が悪影響を与えているだろう。

師匠が作ったものを弟子が確認するなんて、普通の師弟関係ではありえないことだから。

そもそも、見習い錬金術師が御意見番ということ自体がおかしいのだが……。

今は不満を抱いても仕方がない。こうして顔を合わせるのは初めてなので、不貞腐《ふてくさ》れることなく、貴族スマイルを作ろう。

クレイン様も間《あいだ》を取り持ってくれるみたいで、コホンッと軽く咳払《せきばら》いをしていた。

「紹介が遅れたが、助手のミーアだ。今は見習い錬金術師としても活動している」

「はじめまして。クレイン様の下で働いているミーア・ホープリルと申します」

近くで父が目を光らせていることもあり、貴族令嬢らしくスカートを軽くつまんで一礼すると、リオンくんは動揺していた。

王城に勤務しているとはいえ、こういう対応には慣れていないらしい。同年代の貴族なら面識があるはずだから、きっと平民の方なんだろう。

「こいつは他の宮廷錬金術師の助手をしているリオンだ。錬金術の経歴は、見た目以上に長いぞ」

「はじめまして。僕はリオンといいます。一応、付与を専門にしています。本当に、一応……」

貴族を相手にするのは気が引けるのか、自分に自信がないのかはわからない。ただ、とても恥ずかしそうにモジモジしている。

もしかしたら、人見知りなのかもしれない。オババ様とクレイン様には見えない尻尾をブンブンと振っていたのに、私に対しては尻尾が垂れ下がっているような気がした。

様子を探っているのかなーと思っていると、リオンくんの背後から威圧的な男性がやってくる。

青みがかった髪を後ろで結び、四十歳は過ぎているような大人の風格を放つ、髭《ひげ》を生やした渋い男性だ。

高い身長から見下ろしてくることもあり、関わりにくい印象を抱く。

「そんなんだからお前は舐《な》められるんだ」

「ゼ、ゼグルス様……。でも――」

「言い訳をするな。自信を持たない錬金術師は、三流だと教えたはずだぞ」

「す、すみません」

厳しく非難されたリオンくんは、見えない尻尾どころか、沈み込んだ気持ちを表すようにシュンッと縮こまってしまった。

二人の間に明確な上下関係が感じられるため、彼はこの方の助手をしているに違いない。

居心地の悪い雰囲気が気になったこともあり、彼らの詳しい関係性を知ろうと、クレイン様に尋

ねてみる。

「クレイン様、この方は？」

錬金術の世界に疎い私は、純粋な疑問を抱いただけなのだが……。

どうやら禁句だったらしい。ゼグルスと呼ばれていた男性に、すごい形相で睨《にら》まれてしまう。

わざわざ本人の前で確認する必要はなかったかもしれない。

たとえ面識がなかったとしても、リオンくんが宮廷錬金術師の助手として働いていることを考えれば、知っておかなければならない方だったと反省する。

「フンッ。無能な助手を持ったようだな、クレイン」

「そうでもない。彼女にとっては、知るに値しない錬金術師だったんだろう」

バチバチと火花を飛ばすかのように視線を重ねる二人が不仲なのは、誰が見ても明らかだ。

クレイン様が気乗りしないと言っていたのは、リオンくんに会いたくないんじゃなくて、ゼグルス様に会いたくなかったに違いない。

明らかに二人の言葉にトゲがあるし、焚《た》きつけ合っているようにしか見えなかった。

さすがにこの険悪な雰囲気の中、二人の間に割って入る勇気は持てそうにない。しかし、この場で失言したのは私なので、すぐに彼の怒りの矛先がこちらに向けられてしまう。

「俺は男爵位を授かっている、ゼグルス・ウォーレン。宮廷錬金術師になり、早十年を迎える付与スキルの使い手だ。少し目立った程度で調子に乗るなよ、ミーア・ホープリル」

運が悪いのは、良くも悪くも私の噂《うわさ》が広まっていることだ。

当然のように認知されていて、顔も名前も覚えられている。

「は、はい。以後、気をつけます……」

自分の無知が引き起こした事態なので、私は謝罪の意を表すために、深々と頭を下げた。

錬金術の知識を持たないと恥をかくと、オババ様に言われた矢先に、こんなトラブルを起こしてしまうとは。

クレイン様にも迷惑をかけてしまい、不甲斐《ふがい》ない気持ちが生まれてくる。

「ミーア、あまり気にする必要はない。この男を知らなかったとしても、支障はないぞ。そのうち今日みたいに対面する機会があれば、嫌でも顔と名前を覚えるだろう」

クレイン様はそう言ってかばってくださるものの、知っておいた方がよかったのは事実である。ましてや、相手が貴族であるなら、なおさらのこと。不要なトラブルを避けられるに越したことはなかった。

ウォーレン家という家名を聞きなれないので、おそらくゼグルス様は、平民上がりで貴族になった方に違いない。錬金術師の活動で功績を残して、一代限りの男爵位を授かったんだろう。

そんな彼の名誉を傷つけてしまった影響か、決して威圧的な態度を崩そうとはせず、クレイン様に厳しい眼差しを向けていた。

「宮廷錬金術師の顔を知らないなど、お前の助手は無知にもほどがある。勉強不足も甚《はなは》だしい」

「近年、お前は大きな実績をあげていない。若い錬金術師なら知らなくても当然だ」

「その理屈が正しければ、お前はすぐに消えるな。王女の病をポーションで治しただけで、他に実績を持たない者など無名と同じだろう」

「十年も宮廷錬金術師の地位にいて、ようやくヴァネッサと肩を並べる程度の男に言われてもな。未《いま》だにヴァネッサの威光に届かず、まだ無名なだけかもしれないぞ」

ゼグルス様とクレイン様は互いに睨み合い、徐々に口論が熱を持ち始めている。

互いのことをよく知っているのか、相手の気にしている部分を的確に突いているとしか思えない。

しかし、彼らの話を聞く限り、二人とも宮廷錬金術師に選ばれるには十分なほどの功績をあげているのは、確かだった。

男爵位を授かったというのも、ヴァネッサさんと肩を並べる錬金術師と聞けば、納得がいく。

ゼグルス様は最高峰の付与スキルを使う現役の錬金術師であり、彼の右に出る者はいないのだ。

オババ様のお気に入りであるリオンくんが師事して、付与スキルを学んでいるのも、当然のことであった。

終始、高圧的な態度を取っているから、ゼグルス様にあまり良い印象は抱かないけど。

「この場所を訪れた目的は何だ。お前たちのようなトンチンカンどもが来るところではないぞ」

と、トンチンカン!? 見習い錬金術師の私はともかくとして、クレイン様までトンチンカン扱いするだなんて、失礼にもほどがある。

思わず、私はワナワナと唇を震わせてしまう。

しかし、クレイン様はまるで他人事《ひとごと》のような顔をして、私に告げる。

「前にも少し話したが、宮廷錬金術師でまともに会話できる人間は少ない。私利私欲にまみれた連中ばかりだ」

そういえば、魔物の繁殖騒動の時、EXポーションの技術を広めようと相談したら『宮廷錬金術師は話のわからない連中』みたいなことを言われたっけ。

でも、そんなことを本人の前で言えば、衝突は避けられない。

……もうすでに争いが止められないほどの状況に陥っているような気もするが。

「低ランクで彷徨《さまよ》っていた坊ちゃんが、いつまでも夢見心地でいいご身分なことだ」

「私利私欲に走る連中に言われたくはない。宮廷錬金術師を十年もやっていると、男爵位では満足できなくなるのか？」

あまりにもバチバチと言い合う二人を前にして、すっかり委縮してしまった私は、そろそろ～っとリオンくんに近づき、小声で話しかける。

「もしかして、二人ってすごく仲が悪いですか？」

「宮廷錬金術師の皆さんは、個性的ですからね。少なくとも、この二人の関係は最悪です」

「見たままですね。実は仲が良い、なーんてオチを期待していたんですが」

「ありません」

「ですよねー……」

まだ二人の関係をすべて把握したわけではないが、気難しいと言われているクレイン様と、威圧的な態度を取り続けるゼグルス様では、話が合いそうになかった。

身分も年齢も違うのに、なぜ二人はここまでいがみ合うんだろうか。何か理由があるのかもしれないけど……。

呑気《のんき》に聞けるような雰囲気でもないので、二人の言い争いが終わるまで待とうと思っていると、今度はリオンくんが顔を近づけてきた。

「ところで、どうしてクレイン様たちはこちらにいらしたんですか？」

「あっ、それは私が原因ですね。オババ様に代理で参加するように言われて、クレイン様を誘ったんですよ。こちらが招待状です」

持っていた招待状を見せると、リオンくんは目を丸くしていた。

「確かに、バーバリル様に宛てた招待状ですが……。クレイン様ではなく、ミーア様が代理なんですか？」

「はい。錬金術の見解を広げてくるように言われて来ました。ちょうど付与スキルに興味を持ち始めたところだったので、気遣ってくれたんだと思います」

「そうですか。どうりで良い噂が流れてくるはずですね。あのバーバリル様に認められた方だったなんて……」

リオンくんに驚かれてしまうものの、私が錬金術師の道を歩み始めたのは、まだまだ最近のこと。それまではオババ様の話し相手として、認められていただけだったような気がする。

次第に商品の目利きができるようになったから、気にかけてくださっているんだと思うけど、実際のところはわからない。

神聖錬金術のこともあって、必要以上に期待されているような気がしていた。

「そういうリオンくんだって、オババ様に褒められていたじゃないですか」

「ええっ!?　ど、どうしてそのことを？」

「買い出しに出かけたら、ちょうどその場に居合わせたんですよ。とても素敵な腕輪を作られたみたいですね」

「そ、そんなことないですよ。僕のは、本当にまだまだで……」

盛大に照れたリオンくんがモジモジして、和やかな雰囲気が漂い始めると、言い争う宮廷錬金術師の二人にも変化が訪れる。

なぜか話の論点がズレ始めて、力の腕輪に関する討論になっていた。

「魔物の被害を抑える手段の一つとして、魔装具の開発に当たるべきだ。錬金術は人の命を守るために存在する」

「理想論だな。本当に怖いのは、魔物ではなく人間だと知らんとは。戦争を抑止するための力を生み出してこそ、錬金術に価値は生まれるのだ」

相変わらずバチバチと火花が飛び散っているものの、なんだかんだでこの二人は、腐れ縁なのではないだろうか。

簡単には止められそうにないが、このまま放っておいても、意外に大きなトラブルには発展しなさそうだった。

力の腕輪の試験会場で揉《も》め続けるのは、互いのためによくないと思うけど。

「男性同士の言い合いを止めるのって、なかなか難しいですよね」

「このお二方が顔を合わせると、いつもこうなんですよね。普段のゼグルス様は、もっと落ち着いていらっしゃるんですけど」

「この光景を見る限り、想像がつきませんね。でも、クレイン様もここまで取り乱すのは珍しいと思います」

「なんて言えばいいのかわかりませんが、これは僕のせいでもあるんです。クレイン様にも、調整中の力の腕輪を何度か見せに行ったことがあるので……」

「ん？　リオンくんは、ゼグルス様に師事されているはずでは――」

訳ありな関係を聞き出そうとした時だった。二人の言い争いがピタッと止《や》むと同時に、凛《りん》とした姿で近づいてくる一人の男性の姿が目に映る。

煌《きら》びやかな赤いマントを羽織り、堂々とした振る舞いをされるこのお方は、このリメルディア王国の国王様だ。

思わず、私はリオンくんと一緒に背筋をビシッと伸ばし、失礼のないように心がける。

「また言い争っておるのか。お前たちは相変わらずのようだな」

よく喧嘩《けんか》する二人だと、国王様にも認知されているとわかった瞬間である。

二人の言い争いが収まってよかったと思う反面、国王様が姿を現したことで、また別の緊迫した空気が流れ始めていた。

「ゼグルスよ。力の腕輪の方はどうだ？」

「はっ。使用している騎士の姿を見るに、制御に課題はありますが、一時の力を得るためのものとしては、実用性があると存じます」

ゼグルス様の言葉を聞き、訓練している騎士の様子をチラッと確認すると、先ほどとは違う光景が目に飛び込んでくる。

体格差を感じさせないほど力強く打ち合っていた小柄な騎士たちが、早くも肩で息をして競り負けていた。

力の腕輪を使い慣れていないというより、魔力の消耗が激しすぎて、疲労が蓄積しているような印象を受ける。

「ふむ。使い方次第では、実用段階に到達しているように見えるが、なんとも言えないな。力の腕輪の評価は、使用した騎士の意見を聞くまで持ち越すとしよう」

国王様の意見を聞いたゼグルス様は、目を閉じると同時に大きなため息をつき、うつむいてしまった。

自分の弟子が作ったものが実用に至らなくて、残念な気持ちでいっぱいなのかもしれない。でも、現場の意見を取り入れて、総合的に判断しようとする国王様は正しいと思う。

ただ、製作者であるリオンくんの名が挙がらないため、私はちょっぴりモヤモヤしていた。

助手の手柄は、宮廷錬金術師の功績になるのが一般的なんだろうか。ＥＸポーションを作った私の場合は、クレイン様が譲ってくださったけど、かなり異例のことだったのかもしれない。

無言で見守るリオンくんが納得しているのであれば、安易に口出しすることではないと思うが。

「騎士の意見も重要だが、あまり悠長なことも言っていられない。頼んでおいた王都の結界については、調査できたか？」

王都の結界……？　そういえば、王都に魔物が来にくくなる結界が設置されたって、子供の頃に聞いたことがあったっけ。

事前の実験を行った小さな村では効果があり、魔物の被害が減少して、農作物がよく育つようになったらしいけど……。

どうやらそれらはゼグルス様の功績だったらしい。さっきまでの高圧的な態度を見ていると、とてもではないが想像できなかった。

「今のところ、結界に異常はありません。念のため、再付与を行っている最中にございます」

「そうか。もし異常が見受けられるようであれば、すぐに連絡してくれ」

「承知しました」

ゼグルス様との話し合いが終わると、今度は国王様の視線がクレイン様に向けられる。

「別件でクレインにも声をかけようと思っていたところだ。少し時間を作ってほしい」

「……どうされましたか。あまり良い予感はしませんが」

思うところがあるのか、クレイン様は国王様から目を逸《そ》らした。

「そう言うでない。其方《そなた》にしか頼めぬことだ」

「断るつもりはありません。しかし、例の事件で助手に無理をさせてしまったばかりです。あまり危険な依頼は引き受けたくないというのが、素直な気持ちです」

唐突に自分のことが話題に上がり、国王様に視線を向けられてしまう。

私も全力で目を逸らしたい気持ちに駆られるけど、さすがにそんな失礼な行為はできない。

お辞儀をして、時が過ぎるのを待った。

「こればかりはなんとも言えぬ。此度《こたび》の騒動の原因となった魔物の繁殖について調査をしてほしいのだ」

しかし、急を要する事態なのか、私のことを気に留める様子はない。

国王様は真剣な表情で、クレイン様に訴えかけていた。

「その件については、騎士団が調査していると聞いていますが」

「無論、調査は続いておる。しかし、広範囲に瘴気《しょうき》が見つかったことで、難航しておってな。それらの浄化も兼ねて、其方に依頼するべきだと判断した」

「わかりました。ただちに浄化ポーションの作成にあたりますが、調査には――」

「みなまで言う必要はない。危険と思わしき地に向かわせるのだ。調査に信頼できる騎士を同行させるとしよう」

「ありがとうございます」

「うむ、頼んだぞ。また、詳しい状況が把握できないこともあり、今回の依頼は関係者以外への情報共有を禁ずる。何か問題が生じた場合は、宮廷錬金術師の二人で手を取り合ってくれ」

最後に『二人で』と強調した国王様は、そのまま立ち去っていった。

大きな依頼が舞い込んできたなーと思っていると、話を終えたクレイン様が近づいてくる。

「厄介な仕事が入ったが、時間はしっかりと取れるはずだ。ポーションの取引が再開するまでに、ある程度の目処《めど》をつけよう」

「私は構いませんけど……。宮廷錬金術師の仕事って、こんなものもあるんですね」

「役割の違いといったところか。騎士団では、凶悪な魔物が棲《す》み着いていたり、生態系を崩すほど繁殖したりしていないか調査する。魔物が原因であれば、そのまま騎士団が武力行使するが、瘴気は浄化ポーションで対処する必要があるため、宮廷錬金術師に声がかかることが多いんだ」

思い返せば、冒険者ギルドで受付をしていた時、クレイン様は護衛依頼を何度か発注されたことがあった。

地質調査という名目で依頼が出ていたけど、ポーションの研究自体には関係なかったみたいだ。

「ミーアに無理はさせたくないが、今回の依頼に関しては、調査の仕事を覚える良い機会とも言える。まずは浄化ポーションを作成して、調査依頼の準備をするぞ」

「わかりました」

国王様の依頼を進めるための準備に取り掛かろうと決まった瞬間、ゼグルス様に背中を押されたのか、リオンくんのよろめく姿が視界に映る。

「リオン。お前はしばらくそっちで世話になれ」

「えっ？　ど、どうしてですか？　僕はまだ力の腕輪の調整が——」

「王都に結界が張られているにもかかわらず、周辺で魔物が繁殖する異常事態だ。こちらからも人手を出さないと、後でそこのトンチンカンたちが何を言い出すかわからないだろ」

そう言ったゼグルス様は背を向けて、何事もなかったかのように去っていく。

国王様の話を聞いた以上、仕方なく……といった感じなのかもしれない。

無理やり仕事を押しつけられたリオンくんには、さすがに同情してしまう。

「なんだか嫌な態度を取られる方ですね」

「完全に同意するが……。ゼグルスなりに事態を重く見て、気遣った結果なんだろう。国のために動く姿勢だけは、立派な宮廷錬金術師と言える」

「……どういう意味ですか？」

「浄化ポーションを作成するには、【付与】の工程を挟まなければならない。リオンが手を貸してくれたら、国王陛下の依頼はスムーズに進むはずだ」

あんなに言い合っていたクレイン様がゼグルス様の肩を持つのだから、宮廷錬金術師としての役目は、しっかり負っているということなんだろう。

わざわざクレイン様と交流のあるリオンくんを手伝いに差し遣わすあたり、口が悪いだけで、本当に気遣ってくれているのかもしれない。

嫌な人っていう印象は変わらないけど。

「奴に借りを作りたくはないんだが、仕方ない」

「わかります。余計に嫌味を言ってきそうですからね」

そんなゼグルス様に指示を出されたリオンくんは、早くも状況を受け入れているみたいで、苦笑いを浮かべていた。

「ドタバタしていて、すみません。しばらくお世話になります、クレイン様」

「構わん。リオンに頼みたいこともある。ミーアもそれで大丈夫か？」

「あっ、はい。よろしくお願いしますね、リオンくん」

「こ、こちらこそよろしくお願いします。ミーア様」

一時的とはいえ、二人だけしかいない広い工房に人が増えるのはよいことである。クレイン様とも付き合いがあるみたいだし、私が断る要素は何もない。

なにより付与を専門にするリオンくんと一緒に仕事ができるなんて、良い環境が生まれたなーと思うのだった。

【調合】と【付与】

国王様から依頼を受け、一時的にリオンくんと協力体制を取ることになった私たちは、手分けして浄化ポーションの作成準備に取り掛かった。

騎士団が調査しても原因がわからない魔物の繁殖は、国王様が頭を悩ませるほど大きな問題となっている。そのため、慎重を期す必要があった。

前回の緊急依頼よりも難度は上がり、危険な香りがプンプンと漂っている。

宮廷錬金術師の助手になって日の浅い私に、そんな依頼はまだまだ早いと思うんだけど……。

久しぶりに新しいポーションを作ることになり、私は胸が高鳴っている。

クレイン様にいただいた浄化ポーションの製法資料を片手に持ち、ルンルン気分で機材をセッティングしていた。

「薬草類をすり潰《つぶ》したり木の実を砕いたりする工程があるから、すり鉢とすりこぎを用意してっと……。よし、これでもう十分かな」

すでに濾過《ろか》装置や火を扱う準備も終えたので、買い出しに行ったリオンくんが戻り次第、作業を始められるだろう。

早く素材を持って帰ってきてほしいと心待ちにする反面、必要以上に期待しないように心を落ち着かせる。

今回は国王様の依頼ということもあり、付与スキルをじっくりと学べる時間があるかどうかはわからない。調査する時間を優先して、ポーションづくりの補佐をするだけの可能性もある。

でも、付与を専門にしているリオンくんと一緒に取り組めば、何か得られるものはあるはずだ。

もしもの時は、作業風景だけでも目に焼きつけるとしよう。

浄化ポーションの作成に意欲を高める中、肝心のリオンくんがなかなか戻ってこないので、難しい顔で騎士団の報告書に目を通すクレイン様の元に近づいていく。

「魔物の繁殖について、何かわかったことはありますか？」

「予想以上に瘴気《しょうき》が広がっていて、改めて厄介な依頼だと感じたくらいだ。国王陛下が早い段階で話を持ち掛けてきたことにも納得がいくし、できるだけ早く瘴気を浄化した方がいい。このまま放っておくと、また魔物の繁殖が進みかねないからな」

魔物の詳しい生態はわかっていないが、瘴気と深い関係にあることはわかっている。

瘴気が濃い場所には強い魔物が出たり、繁殖が進んだりする傾向にあるため、早急に対応すべき問題だった。

「確かにマズい状況ですね。まだ王都の薬草不足は解消されていませんし、ポーションの在庫も最低限の分しかありません。頻繁に魔物が繁殖してしまったら、いろいろな問題が生じる恐れがあります」

今は騎士団が警戒しているとはいえ、魔物の繁殖を何度も許すわけにはいかない。

凶悪な変異種が生まれたり、物資を使いすぎたり、騎士団が魔物に苦戦していたりすれば、王都の生活にも悪影響を与えてしまう。

一国の王都が魔物の繁殖に苦しんでいるという情報が広まったら、住人たちの不安が高まって治安が悪化する恐れがあるため、物資を運ぶ商人に避けられて物流が滞る可能性もあった。

どこかのタイミングで状況が好転すればいいものの、現状のように薬草不足が続いていては、繁殖する魔物の方が優勢になりやすいわけであって……。

「あくまで可能性の話だ。そうならないように、俺たちが食い止める必要がある」

「思っている以上に大変な依頼を引き受けたみたいですね。今回の魔物の繁殖も瘴気が原因なんでしょうか」

「結論を急ぐべきではない。魔物の繁殖が進んだ結果、瘴気が発生したとも考えられる。どちらかといえば、それを確認するために調査する形だな」

クレイン様から国王様の依頼の要点を聞き終えると、工房の扉がゆっくりと開く。

姿を現したのは、大きな籠《かご》を両手に持つほど買い込み、なぜか青ざめているリオンくんだった。

「不吉な予感がします。今回の依頼は危険かもしれません」

「ど、どうかされたんですか？」

「バーバリル様に、クレイン様たちと一緒に国王様の依頼をこなすようになったことを伝えたら、突然気前が良くなって……」

ああー……。普段はぼったくるオババ様が、過剰サービスをしてくれるパターンのやつですね。

私も見習い錬金術師になったお祝いとして、大量の魔鉱石をいただいた経験がありますから、気持

ちはわかりますよ。本当
「オババ様はそういう時期みたいですね。私もこの間、ご厚意でおまけしてもらいましたよ。本当に善意みたいなので、素直に受け取った方がいいと思います」

リオンくんがもらったものが気になった私は、作業台の上に素材を並べていく。

瘴気を寄せつけない聖なる魔石やシラハス草などは浄化ポーションの素材になるが、聖属性を帯びた魔物の角や鋭い爪は使う予定がない。

頂いた品をパッと見ただけでも、オババ様の店頭で販売していないものがたくさん入っていた。

「これは一角獣と呼ばれるユニコーンの角ですね。図鑑で見たことはありますが、実物を見るのは初めてです。うわっ、こっちは清らかな地にしか生息しないと言われる鳥の魔物、ホーリーホックの爪じゃないですか。ええっ!? ミスリル鉱石まで入ってる……」

冒険者ギルドで働いていたこともあり、自然と魔物の素材に詳しくなった私は、どれも高値で取引されるものだと理解してしまう。

希少価値も高く、滅多に市場に出回らないものまで含まれているので、唖然《あぜん》とすることしかできなかった。

さすがにこれは、厚意という言葉だけでは片づけられない。リオンくんが悲観的になってしまうのも、無理はないだろう。

その姿を見たオババ様の『イーッヒッヒッヒ』という笑い声まで聞こえてきそうだった。

「いったい王都で何が起きているんでしょうか」

悩みの規模が大きいですよ、と突っ込みたいところだが、王都で魔物が繁殖するほどの騒ぎが起きているので、あながち間違いではない。

「それを調査するためにも、早く国王様の依頼に取り掛かりましょう」

浄化ポーションを早く作りたい私は、話を強引にまとめ、作業台に置かれた希少素材をおそるおそる包んで棚にしまう。

それを終えると、資料を読んでいたクレイン様が近づいてきて、作業台に置いてある聖なる魔石を一つ手に取った。

「浄化ポーションを作る下準備として、まずは聖なる魔石を使い、聖水を作成しなければならない。そこで必要となるのが——」

「付与スキルですね！」

「その通りだ。あまり時間を費やしたくはないが……、せっかくの機会だ。リオン、ミーアに付与のやり方を教えてやってくれないか？」

突然、出番がやってきたリオンくんは、一気に現実に引き戻される。

「ぼ、僕がですか？」

「ああ。付与を専門にしているリオンの方が、俺よりうまく教えられるだろう」

「それはそうかもしれませんが……。人に教えた経験なんて一度もありませんよ」

「人に何かを教えるというのは、自分を見つめ直すことにも繋《つな》がる。もしかしたら、力の腕輪を制御するヒントを得られるかもしれない。経験しておいて損はないはずだ」

まだ二人の関係性がわからないが、クレイン様はリオンくんのことをしっかり気にかけているみたいだ。

今回の依頼で、私とリオンくんが共に成長するように考えてくれている。

まあ、急に新しい仕事をもらったリオンくんは、戸惑いを隠せていないが。

「ミ、ミーア様もそれでよろしい、のですか？」

「はい。教えてもらえるのであれば、こちらとしてもありがたい限りです。私には平民の友達がいますので、身分など気にせず、普通に接していただいて大丈夫ですよ」

「あっ、やっぱりそうなんですね。ミーア様の言葉遣いが平民に近いところがあったので、ずっと気になっていたんですよ。はぁ〜、よかったですー」

肩の荷が下りたかのように、リオンくんは大きなため息をこぼした。

子爵令嬢の見習い錬金術師という微妙な立場とはいえ、平民の彼にとって、私は貴族であることに変わりない。自己紹介した時にも戸惑っていたから、どう対応していいのかわからず、思った以上に気遣わせていたんだろう。

一方、冒険者ギルドで働いていた私は違う。

平民の友達やお客さんと接してきただけでなく、今でも当時の仕事仲間と付き合いがあるため、口調や態度が乱れる程度では気にすることはなかった。

むしろ、付与を専門にしているリオンくんに教えてもらえることに、期待で胸を膨らませているくらいである。

そんな私がリオンくんに期待の眼差《まなざ》しを向けていると、彼は右手の人差し指を立てて、突き出してきた。

「始める前に一つだけ確認したいんですけど、ミーア様は付与された経験がないんですよね？」

「はい、まだまだ見習い錬金術師ですからね。調合スキルを使い始めたのも、クレイン様の下で仕事をするようになってからです」

「そうですか。では、本当に錬金術を始められたばかりなんですね。それなのに、もうオババ様に認められるだけでなく、大きな功績をあげるなんて……。ミーア様はすごいですよ！」

……えっ？　そ、そう？　急にそんなことを言われると、照れ臭いんだけど。意外にリオンくんは褒め上手だなー。

なーんて気分を良くしていると、クレイン様が難しい顔を向けてくる。

「ミーアの言葉をあまり信じるなよ。俺は見習い錬金術師として扱っていないぞ」

「変にハードルを上げるのはやめてくださいよ、もう。……いや、見習い錬金術師として扱ってください よ」

「もう少し見習いっぽいことをやってから言ってくれ。これだけの短期間で調合と形成のスキルを覚えて、今度は付与を覚えようとしているんだぞ。そんな見習い錬金術師は、ミーア以外に存在しない」

クレイン様にハッキリと否定されると、さすがに返す言葉が見つからない。

普通の見習い錬金術師であれば、魔力操作やスキルを反復練習して、少しずつ自分のものにしていくはずだから。

「それはそれ、これはこれです。偶然そういうイベントが重なっただけですよ」

よって、私は適当に誤魔化《ごまか》した。

クレイン様に冷たい視線を向けられているので、誤魔化しきれていないと察するが……。

その光景がおかしかったのか、リオンくんにクスクスと笑われてしまう。

「二人はとても仲が良いですね。クレイン様が女性と親しくされている姿を見るのは、珍しい気がします」

リオンくんの言葉を聞いて、確かに……と、納得する。

記憶を探ってみても、クレイン様は女っ気がなく、親しそうに話す女性もヴァネッサさん以外に思い当たらなかった。

もしかしたら、貴族女性を相手にするのが苦手なのかもしれない。結婚を考えていないのも、錬金術をしている方が女性と話すより楽しいからだろう。

つまり、私は冒険者ギルドの受付で働いていた時から、貴族令嬢として扱われていたわけではなく、錬金術仲間という扱いになっていたのだと推測できる。

キリッと表情を引き締めたアリスが『両者ともに脈ありとみたね』と言っていたけど、何度考えてみてもそんなことがあるはずはない。

私たちは男女の壁を壊すほど、錬金術の虜《とりこ》になっているという共通点があるだけなのだ。

「俺は面倒な人付き合いに辟易《へきえき》しているだけだ。下手に交流関係を増やすと、錬金術をする時間が奪われる」

ほらっ、やっぱり！　工房内に男女二人でいても変な空気にならない理由が、ここにある！

この工房には、錬金術大好き人間が二人もいるのだから！

「クレイン様とは付き合いが長いですすし、今では師弟関係です。良い距離感で過ごしていると思いますよ」

師弟っぽい雰囲気になど滅多にならないがな、と言いたげなクレイン様の冷たい視線を感じる。

私はそれに対抗して、もっと師匠らしくいろいろと教えてくださいよ、と言わんばかりに目を細めておいた。

そんなことをしている間に、付与を教えてくれるリオンくんが聖なる魔石を一つ手に取る。

「とりあえず、一度お手本を見せましょうか」

「お願いします」

ついに付与スキルを教えてもらえることになり、クレイン様との些細《ささい》な言い争いを終えて、私はリオンくんの手元を注視する。

「聖水を作るには、魔力水に聖なる魔石の力を移す必要があります。そういった魔法の力を与えるスキルを【付与】と呼んでいますね」

魔力水が入った器に聖なる魔石を浸したリオンくんは、それに片手をかざして、付与領域の魔法陣を展開した。

調合と形成スキルを身につけた影響かもしれないが、ハッキリと違う領域だと認識できる。だからこそ、付与領域に流れる魔力に違和感を覚えた。

付与も錬金術である以上、魔力を用いて領域を展開するのは、当然のこと。しかし、調合や形成とは魔力の流れ方が明らかに異なっていた。

思い返せば、調合領域と形成領域を展開する時でも、魔力の流れ方は違う。

調合は、薬草成分の溶け込んだ魔力水の中に自分の魔力を流し込んで、それを馴染《なじ》ませるように展開する。でも、付与の場合は逆になるみたいで、リオンくんの魔力が聖なる魔石と魔力水を包み込んでいた。

それらが共鳴するように淡く光り始めると、みるみるうちに聖なる魔石の魔力だけが魔力水に溶け込み、太陽の光を反射するほど澄んだ『聖水』が作成される。

器の底には、魔力を失った石が形を変えずに残っていた。

初めて見る聖水と付与スキルに、思わず私は目をキラキラと輝かせる。

「うおおおおー！　これが付与ですか……！」

「は、はい。そこまで驚かれると、恐縮ですが」

こういうところが平民っぽいのかもしれないと思いつつも、私の興味はすぐに錬金術に移る。

まだ基礎的な作業かもしれないが、これは魔装具を作るための第一歩に違いない。

今から錬金術の新しい世界に足を踏み込むんだと実感して、興奮を抑えきれなかった。

初めて付与スキルを教える立場のリオンくんも、まんざらではないらしい。聖なる魔石を一つつかみ、私に差し出してくる。

「すでに調合と形成の領域が展開できているのであれば、実践的な訓練をやっていきましょう。素材を魔力で包み込んで、素材同士をリンクさせた後、付与領域を展開してみてください」

「はい。やってみます！」

早速、聖水の作成に挑戦するため、私は魔力水に聖なる魔石を浸した。

そして、リオンくんに言われた通り、素材を魔力で包み込むように流し込むと、あっさり付与領域が展開される。

「見てください！　できましたよ、付与領域の展開が……！」

「やっぱり他のスキルを習得していらっしゃる分、領域展開は問題ありませんね。では、次に聖なる魔石の魔力を、魔力水に付与してみてください。そのまま自分の魔力を使って、聖なる魔石の魔力を優しく包み込むような形です」

「わかりました」

順調に付与作業が進んでいると知り、気分を良くした私は、再び聖なる魔石に意識を向ける。

このままリオンくんの指示に従っていれば、すぐに聖なる魔石の魔力を付与できるかもしれない。

意外に簡単な印象を受けて、少し気を緩めた……その時だ。

リオンくんが急にアタフタとし始める。

「ああー！　ミーア様！　それだと調合領域に切り替わってしまいます！」

「えっ？」

どういうことだろう、と疑問を抱いた瞬間、展開していた付与領域が調合領域に変化した。

突然の出来事に驚きつつも、手元をよく観察してみると、知らないうちに魔力の流れ方が変わっていることに気づく。

素材を包み込んでいたはずの魔力が、表面に浸透していたことが原因みたいだった。

「これだと調合スキルの扱いになるんだ……」

「調合と付与では魔力の流し方が異なります。もっと付与を意識しないと、このまま調合スキルに飲まれてしまいますよ」

リオンくんの指示は、頭では理解できるものの、うまく制御できそうにない。

自分の魔力で素材を包み込み、再び付与領域を展開し直したとしても、その先のイメージが湧いてこなかった。

素材の表面や中に魔力を流すのではなく、聖なる魔石の魔力だけを包み込むようにしなければならないと、わかってはいるのだけど……。

魔力を流せば流すほど、素材に魔力が浸透してしまう。

「いったん止めてください。このままだと調合されてしまいます」

リオンくんに止められて、私は付与領域の展開を中断した。

素材を確認してみると、聖なる魔石がちょっぴり欠けている。きっと魔力水に調合されてしまったに違いない。

意図して調合しようとしたわけではなくても、魔力を流し続けたために起こったのは、明らかだった。

「付与領域は展開できるのに、付与することができないなんて……。これは思っていた以上に難しい作業ですね」

素材を丸ごと合わせる調合に対して、付与は素材の魔力だけを合わせるにすぎない。

二つのものを一つにするという意味では、調合も付与も同じ系統のスキルなのに、実際にやってみると難しかった。

「気を落とさなくても大丈夫ですよ。調合作業の経験が多い人ほど、付与のイメージができなくなるみたいです。付与領域を展開できても、それを維持するためのコツがなかなかつかめないんだそうです」

リオンくんの言葉を聞いて、クレイン様が苦手だと言っていた言葉の意味を理解した。

私が付与スキルを学ぶことに難色を示していたのも、感覚がゴチャゴチャになると、せっかく習得したスキルに悪影響を及ぼしかねないからだろう。

そういうところは師匠っぽいなー……と、改めてクレイン様との関係性を認識する。

なんだかんだで、私を見習い錬金術師として扱ってくれているみたいだ。

「ちなみに、このまま聖なる魔石と魔力水を調合したら、どうなるんですか?」

「異物が混じった魔力水が作成されます。錬金術の素材としては、劣悪なものに分類されますね」

やっぱり聖水ではなく、違うものが生まれてしまうのか。魔装具への道のりは、まだまだ遠いものだと痛感する。

でも、このまま諦めるわけにはいかない。付与スキルを覚えるチャンスをくださったクレイン様のためにも、しっかりと習得して自分のモノにしなければ……！

「付与する際のコツとかってありますか？」

「そうですね。魔力は繊細なものなので、フワッとするようなイメージです」

「フ、フワッ？」

「はい、フワッと。付与スキルは、自分の魔力で優しく包み込むことが重要なんです。付与領域を展開した後も、聖なる魔石の魔力をフワッと浮かせて、魔力水に移動させる感じですね」

リオンくんが素敵な笑顔で教えてくれるが、彼の言いたいことがわかるようでわからなかった。

うーん、素材の表面に魔力を優しく押し当てるような感じなのかな。それだとまた聖なる魔石に魔力が浸透しそうな気がするけど……。

「わかりました。やってみます」

リオンくんに教えてもらったことを踏まえて、付与領域を展開した後、素材にフワッとした感じで魔力を押し当てると――？

「あわわわっ。それだと魔力をガリッと削ってしまいます」

やっぱりイメージが悪いみたいで、付与領域が調合領域に変化して、聖なる魔石の表面を削っていた。

「これでもフワッとしているつもりなんですが」

「もっとフワッとするんです。ほらっ、オムライスも同じような感じじゃないですか。ふんわりした卵でご飯を包むように、優しく付与するんです！」

そんなこと言われても……と苦戦していると、眺めていたクレイン様がクスクスと笑う姿が視界に入る。

思わず、領域展開を中断して、リオンくんと一緒に冷たい視線を送った。

「笑わないでくださいよ。こっちは見習い錬金術師なんですからね？」

「そうですよ。僕も人に教えるのは初めてなんですから」

「悪いな。そういう掛け合いは、宮廷錬金術師の工房ではなかなか見られない光景だ。どこか懐かしくて、つい笑ってしまった」

本来、宮廷錬金術師の助手は優れた人しか選ばれないから、クレイン様の言いたいことはよくわかる。

基礎的なスキルを身につけていない錬金術師がこの場にいるなど、前代未聞の珍事であり、私が特殊ケースにすぎない。

ましてや、国王様の依頼を行う中で、のんびりと付与スキルを教えてもらっている方がおかしい状況だった。

クレイン様とゼグルス様の関係を考えると、こういった機会は二度とないと考えた方がいい。それだけに、頑張りたい気持ちは大きいのだけど……。

そういえば、無邪気に笑うクレイン様の姿も珍しいような気がする。

「もしかして、調合を得意とするクレイン様にも、こういう時代があったんですか？」

「……。シラハス草の準備は俺がやっておこう。リオンに付与スキルをしっかりと教わるといい」

「今、変な間《ま》がありましたよ！　まさか本当にあったんですか!?」

「答える義務はない。まずは付与スキルに集中して、聖水を作成してくれ」

慌ただしく動き始めたクレイン様は、シラハス草の処理に取り掛かる。

わざわざ背を向けてくるあたり、聞く耳を持たないような印象を受けた。

「うぐっ……気になりますね。リオンくんは何か知りませんか？」

「たぶん、僕が出会う前の話になるかと。難しい顔をしながら付与スキルを使うところしか、見たことがありませんね」

「そうですか。クレイン様ほどの錬金術師でも、本当に苦手なスキルがあるんですね。思っている以上の黒歴史が存在するのかもしれないと思うと……、気になります」

クレイン様の方をチラッと確認してみるものの、絶対にその話題には関与しないぞ、という強い意志が背中から伝わってくる。

深く追及するわけにもいかないので、いつかその頃の話を聞いてみたいと思いながら、私は付与スキルの練習に戻るのだった。


付与スキルの練習を始めて、何度も魔力水と聖なる魔石を調合してしまう日が三日も過ぎる頃。

ようやく付与領域を安定させるコツをつかみ始めた私は、今日も作業台に向かい、聖水づくりに挑戦していた。

「聖なる魔石と魔力水を包み込むように、落ち着いて作業してっと……」

今まで国王様の依頼だからと、心のどこかで焦っていたのかもしれない。慣れない作業に魔力操作が乱れやすいと気づいてからは、心を落ち着かせて付与作業に挑むようにしている。

その効果もあって、毎日付与の練習を繰り返すだけでも、自分の成長を感じられた。

これには、付きっきりで教えてくれるリオンくんの存在も大きいだろう。

付与スキルを身につけたいと思う私よりも真剣に取り組んでくれているのだ。

次第に心の距離も縮まり、早くも身分差を感じさせないほど打ち解けている。

「ミーアさん、頑張ってください。もう少しゆっくりと魔力を引き剥《は》がす感じです」

本来なら、正式な工房メンバーではないリオンくんと、もっと距離を置くべきかもしれない。

宮廷錬金術師同士でいがみ合っている以上、何が起こるかわからないから。

でも、彼はクレイン様と知り合いであり、平民とは思えないほど言葉遣いがしっかりしている。

真面目に付与スキルを教えてくれるため、打算的な考えを持つのは申し訳なく感じて、素直に親睦を深めることにした。

なにより、意外にもリオンくんはムードメーカーであり、一緒に仕事をしていて楽しい。

「あわわわっ！　もっと慎重に……！」

広々とした工房にリオンくんの慌ただしい声がこだまして、賑《にぎ》やかな雰囲気に包まれている。

「……ふっ」

なんといっても、クレイン様の笑顔が絶えない。随分と機嫌が良さそうなので、この状況を心から楽しんでいるように見えた。

そんなクレイン様は、すでに浄化ポーションの作成に取り掛かっている。シラハス草を乾燥させたり、ホリの実を砕いたりして、準備万端の状態だ。

後は聖水が用意できれば、浄化ポーションの調合作業を始められる。

それだけに、私は自分が足を引っ張っていることを自覚していた。

「付与を施すためには、魔力だけを抽出するイメージが大事ですね」

でも、それもここまで。付与領域の展開はかなり安定していて、素材から魔力だけを抽出するコツもつかみ始めている。

「まずは素材をしっかりと包み込んで、っと。後は、魔力をフワッと持ち上げるような感じにして……」

「そうです。フワッと」

魔力で押し出すのではなく、優しく持ち上げるようにして――あっ！　キタッ！　こ、この感覚は……！

錬金反応が、やってくる――！

「お、おおお、うおおおおおおおお！」

「そ、そう！　そんな感じですよおおお！」

宮廷錬金術師の工房に相応《ふさわ》しくない私たちの魂の叫びが、こだまする！

「で、できたー！」

「で、できたー！」

キラキラと輝く聖水が完成して、付与スキルに成功した喜びを実感する。

たった三日の修行期間とはいえ、付きっきりで教えてもらい、初めて付与できたのだから、嬉《うれ》しくて堪《たま》らない。

リオンくんも自分のことのように喜んでくれているので、余計に心にくるものがあった。

「やりましたね、リオンくん」

「やりましたね、ミーアさん」

もはや、一大プロジェクトを成し遂げたみたいな雰囲気だが、これはまだ通過点にすぎない。

本来の目的は浄化ポーションの作成であり、ここからが本番だった。

聖水ができるまで待ってくれていたクレイン様も、微笑《ほほえ》んでくれている。

「思った以上に早く付与スキルを習得できたな。二人で頑張った結果だろう」

「リオンくんが懸命に教えてくださいましたからね」

「いえいえ、ミーアさんが頑張った結果ですよ」

なんだかんだでリオンくんは褒め上手なので、互いに軽く称《たた》え合っていただけなのだが……？

何やら今日のクレイン様は様子がおかしい。妙に口元が緩んでいて、必死に笑いを堪《こら》えているみたいだった。

「一つだけ誤算があるとすれば、二人が似た者同士だったということだ。知らないうちに反応の仕

方がそっくりになっているぞ」

「えっ？　そうですか？」

「えっ？　そうですか？」

ハッ！　と気づいた頃には、もう遅い。同じ時間を過ごした結果、まさかリアクションが同調するほど打ち解けるなんて、夢にも思わなかった。

今日までクレイン様の笑顔が絶えなかったのは、徐々に似ていく私たちが面白くて仕方がなかった影響かもしれない。

そんな私たちが顔を合わせる姿を見て、またクレイン様がクスクスと笑い始めてしまう。

真剣に取り組んでいた結果なんだから、そこまで笑わなくてもいいのに。

リオンくんと一緒に二人でムスッとしていると、クレイン様はコホンッと咳払《せきばら》いをして、心を落ち着かせた。

「よし、このまま作業を分担しよう。ミーアとリオンで聖水を作り続けてくれ」

「僕も聖水を作っていいんですか？」

「構わない。あくまで国王陛下の依頼である以上、時間を優先して作業したいからな」

「わかりました」

クレイン様の指示を受けたリオンくんは、テキパキと動いて、大量の聖なる魔石を作業台の上にドッサリと持ってきてくれる。

彼が重い魔石を軽々と持つ姿を見て、私の視線は一点に集中した。

「力の腕輪、便利そうですね」

騎士団で試験会が行われるほどの錬金アイテム、力の腕輪。魔装具のレベルまで到達していなくても、十分に実用的な品のように思える。

「まだまだ魔力消費が多すぎるので、調整が必要ですけどね」

「そうなんですねー……。あの、一度でいいので、貸してもらうことはできますか？」

「大丈夫ですよ」

勇気を振り絞って尋ねてみたところ、案外すんなりと許可が下りたので、リオンくんから力の腕輪を受け取った。

思っていたよりも重いなーと感じながら、右腕に装着して、魔力を流してみる。すると、信じられないほどの力がみなぎってきた。

それはもう、今なら工房の壁をパンチで破壊できるかもしれない、と思うほどに……！

「力の腕輪の効果はすごいですね。筋骨隆々の怪物になった気分です！」

「あわわわっ、魔力の使いすぎですよ。魔力を消耗しすぎると、付与作業に支障が出るので、気をつけてくださいね」

アタフタするリオンくんの言う通り、魔力の流れを阻害されるような感覚がある。腕輪の効果を発動させるためには、多量の魔力を流して強引に制御する必要があった。

力を得る代償と言えばカッコいいかもしれないが、お世辞にも実用的とは言いにくい。それでも、付与された錬金アイテムには夢がある。

体内の魔力を消費するだけで、多大なる恩恵を受けられるのだから。

やはり、力こそパワー。怪力令嬢となり、筋肉で縁談を打ち破るしかない……！

「付与スキルっていいですね。ヴァネッサさんのネックレスをいただいた時とは、また違う感動がありますし」

「比較されても困りますが……。やっぱりミーアさんが身につけていたのは、ヴァネッサ様のネックレスだったんですね」

「はい。魔物の繁殖騒動の報酬としていただい……ん？　ヴァネッサ、様？」

猛烈な違和感に襲われた私は、リオンくんの顔を見つめる。

その表情は、ちょっぴり寂しそうだった。

「ヴァネッサ様は、僕に錬金術を教えてくれた師なんですよね」

「えっ？　ヴァネッサさんって、錬金術ギルドに勤めているあのヴァネッサさんですよね？」

「ああー……はい。とても自由に過ごされる方なので、ご迷惑をおかけしてないといいんですが」

リオンくんがヴァネッサさんの弟子だったことを知って、私は驚きを隠せなかった。

元Aランク錬金術師という優れた立場ではあるものの、ヴァネッサさんは弟子を取るような性格ではない。でも、リオンくんの寂しそうな表情を見れば、それが嘘《うそ》ではないとよくわかる。

クレイン様とリオンくんが知り合いだったのも、彼が付与スキルを専門にしているのも、きっとヴァネッサさんの影響なんだろう。

もしかしたら、魔装具を作るというのは、リオンくんとヴァネッサさんが共に掲げていた目標だったのかもしれない。

そう考えると、本当に私がヴァネッサさんが作ったネックレスをもらってもよかったのか、疑問に思ってしまう。

少し不安な気持ちを抱きながらも、私は慣れない付与作業に取り組みつつ、リオンくんの話に耳を傾ける。

「ミーアさんが身につけているものは、破邪のネックレスと名づけられた魔装具に限りなく近い代物です。ありとあらゆる魔法干渉や状態異常を防ぐ効果がありますね」

「破邪のネックレス……？　どこかで聞いたことがあるような……あっ！　オババ様が言っていた魔装具だ！」

確か、腐ったものを食べても勝手に解毒してくれる、とか言っていたっけ。

これがその破邪のネックレスをモデルにして作られたものだと知っていたなら、最初から教えてくれたらよかったのに。オババ様のことだから、私がすぐに気づかないようにと、わざと曖昧な説明の仕方をしたような気がする。

うぐぐっ、オババ様め。変なところでいたずらしてくるんだから、もう。

どうせ今頃『あの子はいつ気づくんだろうね、イーッヒッヒッヒ』と笑っているんだろう。

「僕も何度か似たような経験があります。オババ様って、肝心なことは教えてくれませんよね」

「そうなんですよ。わざとやっているあたり、タチが悪いと思います」

「まあ、オババ様にも考えがあるんでしょう。その半分近くは、老後の楽しみだと思いますが」

自分が面白いと思うことを優先してばかりなので、半分で済めばいい方である。

「ただ、オババ様がわざわざ魔装具の名前を出すほどであれば、やっぱりヴァネッサ様のネックレスは完成度が高いと思います」

「そうですね。リオンくんの力の腕輪を使ってみて思いましたが、ヴァネッサさんのネックレスは体に馴染みます。私の魔力と同調している、と言った方が正しいかもしれません」

ヴァネッサさんのネックレスを身につけてから、何もしていないにもかかわらず、優しくて温かい光に包まれているような感覚が続いている。

もはや、ネックレスに私の魔力が流れ込むことが当たり前のようになり、自動で効果が発揮されていた。

「魔装具の種類にもよりますが、破邪のネックレスは常に効果が表れるタイプのものになります。魔力消費も感じないほどの微々たる量ですので、とても優れた錬金アイテムになりますね」

「ネックレスの効果を考えれば、身につけるだけでいいだなんて……。さすがに優秀すぎるような気がします」

もし状態異常に陥った場合、それを治そうとすれば、まずは何の影響を受けているのか分析する必要がある。次に適した治療ポーションの素材を集めて、不純物が混ざらないように調合し、それを飲まなければならない。

それなのに、このネックレスを身につけるだけで、すべて無効化してくれる。

風邪を引かない、病気にもならない、腹痛も起こさない。常に健康体でいられる夢のようなアイテムだった。

毒物による暗殺や魔法による洗脳などの心配もいらないとなれば、魔装具という特別な概念があることにも納得がいく。

「かなり高価なネックレスだと聞いていましたけど、本当にとんでもない代物なのでは……？」

「そうなんですよね。魔装具として認められれば、国王様に献上しても不思議ではないレベルのものですから」

今、リオンくんがサラッと怖いことを言った気がする。いくら未完成とはいえ、本当に私が身につけていてもいいものなのか、疑問に思ってしまう。

可愛《かわい》いデザインだし、健康でいられるし、錬金術師として箔《はく》が付くけど……。

ああ〜！　知れば知るほど欲しい理由が増えてくる！

これが魔装具というレアアイテムの恐ろしいところかもしれない！

「やっぱり、このネックレスは本人にお返しした方がいいですかね？」

「うーん、なんとも言えませんね。錬金術師が志《こころざし》半ばで引退する際、思い出深い品を一つだけ手元に残す傾向にあります。これ以上のものは自分には作れない、という戒めと未練からだそうです」

その言葉を聞いて、寂しそうな表情を浮かべるリオンくんと、お姉さんっぽい雰囲気を放っていたヴァネッサさんが、偶然にも私の中で重なった。

あの時に見たヴァネッサさんは、錬金術ギルドのサブマスターではなく、一人の錬金術師として振る舞っていたのかもしれない。

「ヴァネッサ様は、そのネックレスを三日三晩かかって作り上げた結果、引退という道を選ばれました。他人からは優れたものに見えたとしても、彼女にとっては違ったんでしょう」

そういえば、ヴァネッサさんにネックレスをもらった時『私には、それが限界だったの』と言っていたっけ。

錬金術師のプライドをかけて挑戦した結果、魔装具という壁に届かなかったんだろう。

その未練が残る品を私が持っている、ということは——。

「きっとミーアさんに託したんだと思います。再び錬金術師として生きる道を断つ自分の代わりに、破邪のネックレスを完成させてほしい、と」

どうして見習い錬金術師の私に……と言いかけて、口にすることをやめる。

弟子だったリオンくんが、その想《おも》いを引き継ぎたかったはずだから。

「……ひとまず、このネックレスは私が預かっておきます。今は聖水づくりに励みましょう」

「そうですね。まずは目の前の作業に集中しましょう」

必要以上にネックレスの話を続けるのは悪いと思い、二人で聖水の作成を続けていく。

余計なことを考えずに、目の前の付与作業に集中しようと思いながら。


すっかり周囲が暗くなり、王都に酒飲みたちの声がワイワイと響き渡る頃。

仕事終わりの私は、明るい大通りを歩いて帰路についていた。

「まさか錬金術に集中しすぎて、時間を忘れてしまうなんて」

新しく付与スキルを身につけられたことが嬉しくて、感覚を忘れないように「もう少しだけ……」と、聖水の作成に勤《いそ》しんでいた。

そのまま就業時間を過ぎても作業を続けた結果、クレイン様とリオンくんから白い目で見られてしまい、しぶしぶ終えることにしたのだが……。

あまりにも外が暗くて、ビックリしている。夜遅くに一人で出歩く機会なんて滅多にないので、王都の街並みがちょっぴり怖かった。

「強がらずにクレイン様の言葉に甘えた方がよかったかな……」

貴族令嬢が夜に一人で出歩くべきではないと、クレイン様が気遣ってくれたけど、私は丁重にお断りしている。

自分の我儘《わがまま》で仕事を長引かせた以上、付き合わせるわけにはいかなかったから。

これくらいの時間帯なら、まだ乗合馬車が動いている。大通りを歩いて進めば、危険な目に遭うことはない。

そう思っていたのに、見通しが甘かったと気づく。

突然、路地裏の暗闇から背の高い一人の男性が近づいてきたのだ。

上から見下ろすような視線を向けて、必要以上に威圧的な態度を取るのは――。

「随分と遅い時間まで仕事しているんだな、ミーア・ホープリル」

リオンくんが師事する宮廷錬金術師、ゼグルス様である。

思いもよらない場所で遭遇したため、私は反射的に身構えた。

「こ、こんな場所で急になんですか」

「警戒するな。トンチンカンのところのひよっ子に手を出す趣味はない」

相変わらず言葉遣いが悪いというか、見下してくるというか。警戒しないでほしいなら、先にその威圧的な態度を見直してほしいよ。

一応、いつでも逃げられるように警戒して、彼と距離を取っておく。

「まったく、あのトンチンカンは何を考えているんだ。夜間に帰宅させる時は、馬車くらい手配してやればいいものを」

しかし、ゼグルス様は威圧的な態度からは想像もできない言葉を口にしていた。

暗い裏路地から待ち伏せしていたかのように現れたのに、優しい言葉を投げかけてくるなんて、これは何かの罠《わな》だろうか。

ゼグルス様の意図が読めないので、絶対に不意を突かれないように気をつけよう。

「クレイン様には気にかけていただきましたが、お断りしました。仕事が長引いたのは、私が原因だったので」

「はぁ～、馬鹿なことを。お前は誘拐されたい願望でも持ち合わせているのか？　王都の治安は安定しているが、いつどこで何があるかわからないんだぞ。次からは、必ず馬車を手配してもらえ」

「でも、私が遅くまで仕事をしなければ――」

「いいなっ!!」

「は、はい！　す、すみません……」

突然の親切に、私はただただ圧倒されてしまう。

さっきまで暗闇でよくわからなかったけど、明かりで照らされたゼグルス様は、とても穏やかな表情をしていた。

言葉遣いは悪いものの、以前お会いした時とは別人のように思える。

「話は変わるが、リオンはうまくやっているか？」

「えっ？　あっ、はい。まあ、大丈夫ですけど」

「やはりそうか。あいつは、貴族が相手でも物怖じせず対応できるからな」

ましてや、突き放すように押しつけたリオンくんの心配までするのだから、私は混乱している。

どういう目的で彼のことを知りたいのか、まったく理解できなかった。

「リオンくんは、他人を気遣う心があると思います。数日ほど共に作業していますが、特に失礼だと感じることはありませんでした」

「奴の周囲に敵を作らない性格が、好かれやすい状況を生むんだろう。そろそろ俺の元を離れて、次の段階に進むべきなんだが……。まだ自分を見つめ直す余裕は持てないか」

勝手に分析を始めるゼグルス様を見て、なんとも言えない気持ちが芽生えてくる。

もしかしたら、これが本来のゼグルス様の姿なのかもしれない。

しかし『トンチンカンのところのひよっ子』と言われている身としては、彼を安易に信用することはできなかった。

「不躾《ぶしつけ》な質問で恐縮ですが、なぜリオンくんはゼグルス様に師事されているんでしょうか？　付与スキルを学ぶためとはいえ、ちょっと……いえ、かなり性格が違っていて、互いに合わないように感じます」

「貴族が多い錬金術の世界において、平民にしかわからない悩みもある。勝手に誤解するのは構わないが、見えるものだけがすべてだと思い込むのはやめておけ。余計な反感を買うだけだぞ」

年相応に落ち着いた雰囲気を持ったゼグルス様は、子供に道徳でも教えるかのように、優しく答えてくれた。

クレイン様との時のように熱くなるわけでもなく、若い娘の戯言《たわごと》だと片づけるわけでもない。大人の対応をしてくださっているのは、一目瞭然《いちもくりょうぜん》だった。

ゼグルス様に良い印象がないからといって、必要以上に敵対意識を持つあまり、これまで礼儀を欠いた言動を取っていたかもしれない。

リオンくんも『普段のゼグルス様はもっと落ち着いている』と言っていたのに、ついつい自分の感情だけで動いてしまっていた。

先ほどから気遣ってくださっているだけに、これでは私の方が失礼である。

「おっしゃる通りですね。失礼なことを聞いてしまい、申し訳ありませんでした。クレイン様と言い合っていた時とは、まるで別人みたいですね」

「トンチンカンとは考え方が合わん。奴は理想ばかり語るだけで、現実が見えていない」

「そんなことありません。現実を見た上で、理想を追い求めているだけです。ポーションを作っていると、助けられない人も目に映ると思いますし……」

魔物の繁殖騒動のことを思い出した私は、ゼグルス様から目を逸《そ》らした。

クレイン様と共にＥＸポーションを作成したことで、大勢の人の命が助かり、とても感謝されている。でも、被害がまったくなかったわけではなく、何人もの方が命を落としていた。

あの時、もっとＥＸポーションを作れていたら、違う未来があったのかもしれないが……。

見習い錬金術師の私が、そこまで背負うつもりはない。しかし、心のどこかでモヤモヤしていて、気持ちが晴れないのも事実だった。

一方、クレイン様は違う。再び魔物が繁殖した時に対処できるようにと、ポーションの研究に取り組み、前に向かって進んでいる。

国王様の依頼も受けて、魔物の繁殖を阻止しようとするのは、しっかり現実を見据えているからこその行動だと思うんだけど。

ちょっぴり感傷的な気持ちを抱いていると、ゼグルス様はそのことを察してくれたのか、頭をポリポリとかいて、ばつが悪そうにしていた。

「奴の錬金術の腕は認めている。だが、理想を中心に物事を考えるのは、トンチンカンの証拠だ。それがどれだけ論理的だったとしても、実現できるとは限らない。理想を実現するためには、時に地位や金も必要だ。そういう現実が、奴には見えていない」

やっぱりゼグルス様は悪い人ではないのかもしれない。なんだかんだで気遣ってくれるし、相手のことを思う気持ちを持っている。

平民から男爵位を得た方で、宮廷錬金術師の経験も長い。本当にクレイン様と考えが合わなくて、苛立《いらだ》ってしまうだけなんだろう。

これまで失礼な態度を取っていたと自覚した私は、深々と頭を下げた。

「先ほどは大変失礼しました」

「……トンチンカンのところのひよっ子にしては、物わかりがいいな。道端に落ちていたパンでも食べたのか？」

「食べませんよ」

うぐぐっ……、前言撤回。この人、やっぱり嫌な人だ。あまり深く関わらずに早く家に帰ろう。

「それで、どうして私を待ち構えていたんですか？」

「興味深いことを言うものだ。やはり、頭もひよっ子か」

「むう。それはどういう意味でしょうか……！」

「ひよっ子に手を出す趣味もなければ、待ち伏せする趣味もないということだ。俺は今、少し……

いや、かなり迷惑な奴を待っている。正直に言えば、ひよっ子を家まで送り届ける方がマシだと感じるくらいのな」

なんでこの人はいろいろな人に喧嘩腰《けんかごし》なんだろう。だいぶ慣れてきたから、別にいいけど。

「いったい誰を待っているんですか。そんな迷惑な人がこの街にいるわけ――」

「だ〜れだ〜？　ミーアちゃんにわかるかしら」

いたわ……。自由奔放で多方面に迷惑をかける人が、一人だけいた……。

いい大人になっても背後から目隠しをしてくる人物なんて、この広い王都の中でも、たった一人しか思い当たる人がいない。

「私が待ち合わせをしていたわけではないので、やめてもらってもいいですか。ヴァネッサさん」

「正解よ。相変わらずミーアちゃんは照れ屋さんね。もう少し悩んでくれてもよかったのに」

目隠しを外してくれたと思ったら、ヴァネッサさんが不用意にベタベタと腕に抱きついてくる。

ヴァネッサさんから頂いたネックレスの話を聞いたばかりなので、そのことについて尋ねてみたいのだが……。

ゼグルス様が何を考えているのかわからなくて、聞きにくい。まずは二人の関係性を探ろう。

「お二人が待ち合わせするほどの仲だったなんて、意外ですね」

「そうかしら。こう見えて、ゼグちゃんとは長い付き合いなのよ」

不意に、ゼグルス様に似合わないあだ名が聞こえて、上がりそうになった口角を必死に抑える。

ぜ、ぜぜ、ぜ、ゼグちゃん!?　な、なんであだ名で呼んでいるんですか！

さすがに似合ってなさすぎますよ。ふた回り近く年の離れたおじさんを、ゼグちゃんと呼ぶだなんて……！

「おい、ひよっ子。笑うな」

「い、いえ。全然笑ってないですよ」

「口元を引き締めてから言え。こいつと会うのは、これだから嫌なんだ」

先ほどまでの穏やかな表情とは一転して、ゼグルス様は呆《あき》れたようにプイッとそっぽを向く。

思い返せば、ゼグルス様は路地裏に隠れるように誰かを待っていた。もしも隠れていなかったら、遅れてきたヴァネッサさんに『ゼ〜グちゃ〜ん！』と、大声で呼ばれていたに違いない。

たとえ怪しまれたとしても、路地裏に隠れたくなるゼグルス様の気持ちはよくわかる。

それを考えると、私に声をかけてくださったのは、純粋に心配してくれたからだろう。

貴族令嬢が夜道を一人で歩いてトラブルに巻き込まれたらどうするんだ、と。

二面性を持つタイプなのかもしれないと、ゼグルス様に興味を抱いていると、彼は大きなため息をついた。

「今日は時間がない。ヴァネッサ、早く行くぞ」

「せっかちね。ついでだし、ミーアちゃんも一緒に来るといいわ。家まで送るわよ」

「あっ、はい。ありがとうございます」

心細い気持ちだったので、ありがたいようなありがたくないような不思議な気持ちを抱きながら、私は共に歩き始める。

その結果、ベタベタしてくるヴァネッサさんと、堅物でムスッとしたゼグルス様に挟まれてしまっていた。

なんとも言えない奇妙な組み合わせであり、気まずい雰囲気である。

思わず、私は話しやすいヴァネッサさんに声をかけた。

「街中でヴァネッサさんと会うのは、珍しいですね。ゼグルス様が時間がないって言っていましたけど、これから二人はお仕事なんですか？」

「まあね。錬金術師を引退しても、作ったアイテムには責任を持たないといけないのよ。こうして何か問題が起きると呼び出されるわ」

「そういうところは真面目なんですね」

「私だって、夜に仕事なんてやりたくないのよ。でもね、やらないと国に怒られちゃうから仕方がないの」

……ん？　国に怒られる？　錬金術ギルドではなくて？

国の政策にでも関わらない限り、普通はそこまで干渉しないはずだけど。

ハッ！　ま、まさか、この間の国王様から頼まれていたゼグルス様への依頼に、ヴァネッサさんも関係しているのではないだろうか。

「もしかして、王都に張り巡らされた結界を作ったのは……？」

「私とゼグちゃんの愛の共同作業ね」

やっぱり……と思った次の瞬間、自分の置かれている状況を理解して、急激に息苦しくなってしまう。

なんと、王都を守る結界を作った二人の偉大な錬金術師に挟まれているのだ。

家まで送ってもらうだけの帰り道が、急に接待に変わりそうな気が……したけど、今さら取り繕っても意味はない。

二人とも細かいことを気にするタイプではなさそうなので、今までと同じように接しようと思う。

どちらかといえば、ゼグルス様は愛の共同作業と言われたことに苛立っているみたいだから。

「おい、誤解を招くようなことを言うな。裏取引の内容を伝えるのも、ルール違反だろ」

淡々とした口調で注意したゼグルス様は、裏取引という怪しい言葉を使うものの、声を荒らげたり取り乱したりはしなかった。

錬金術師として優秀な二人が、どんな取引をしたのかはわからない。でも、ヴァネッサさんが犯罪に手を染めるとは思えないので、そういった類《たぐい》のものではないだろう。

ただ、共同作業したことが裏取引の内容に含まれるのであれば、彼女はゼグルス様に功績を譲ったと考えられる。

少なくとも、私はヴァネッサさんが王都に結界を張るほどの功績を残したとは聞いたことがなかった。

「大丈夫よ。ミーアちゃんは言いふらすような子じゃないもの」

「そういう問題ではないだろ、まったく」

「ちょっとくらいはいいじゃない。ミーアちゃんは、身分で人を判断するような真似はしないわ」

「どうだかな。信用できそうな貴族には見えないが」

チラッと顔を向けてくるゼグルス様は、明らかに敵対心を持っている。

最初に出会った頃よりは穏やかな印象を受けるものの、まだまだ心の距離が遠い。私と関わりを持ちたくないみたいで、どこか怯《おび》えているようにも感じた。

「もしかして、ゼグルス様は貴族が嫌いなんですか？」

「好きになる理由がどこにある。生まれた家がよかっただけで、特別扱いされている連中だろ。貴族や平民などという言葉が存在する限り、この世の中は不平等なままだ」

癇《かん》に障る話だったのか、それだけ言うと、ゼグルス様は一人でスタスタと歩いていってしまう。

その姿を見たヴァネッサさんは、苦笑いを浮かべていた。

「ごめんね、ミーアちゃん。ゼグちゃんは貧しい村の出身で、貴族に良い思い出がないのよ」

「ああー……納得しました。そういう理由で嫌われているんですね」

「悪気はないのよ。まだゼグちゃんが若い頃、村を統治していた貴族が私利私欲に走る人でね、彼は奴隷みたいな扱いを受けていたらしいの」

「えっ？　奴隷制度は随分前に廃止されていますよね。そんなことを今の時代でやっていたら、たとえ貴族であったとしても、厳罰に処されるはずですよ」

「小さな村だったらバレないと思ったんじゃないかしら。現にゼグちゃんは、大人になるまでそういう扱いだったらしいわ」

今のゼグルス様からはまったく想像できないが、ヴァネッサさんが嘘をつくとも思えなかった。

クレイン様に辛辣《しんらつ》な態度を取っていたのも、どうしても貴族を認めたくなくて、きつく当たってしまうのかもしれない。

高貴な身分であればあるほど、特別待遇を受けていると感じて、嫌気が差してくるんだろう。

「本当は正義感がある優しい人なの。その件が明るみになったのも、運搬用の荷物に忍び込んだゼグちゃんが、王城に殴り込みに行ったことで発覚したくらいだから」

「……よくご無事でしたね。そんな事件を起こしたら、処刑されてもおかしくありませんよ」

「本当よね。王様が聞く耳を持たない人だったら、彼は生きていないと思うわ」

無謀と勇気は違うとよく聞くが、九死に一生を得たみたいだ。

そんな壮絶な人生を歩んできたゼグルス様は、錬金術師の道を歩み、嫌っているはずの貴族の地位を手に入れた。

きっと強い信念と覚悟を持った上で、男爵位を得たに違いない。

「だから、彼はこの国を変えたいのよ。そのためには、目に見える形で結果が必要だったの」

「それで裏取引だった、というわけですね」

「そう。技術を提供する代わりに、ちょっとしたお願い事を聞いてもらったのよ」

優秀な錬金術師だったヴァネッサさんの願い事、か。

そっちの方が怖い話になりそうで嫌だな……と考えていると、先を歩いていたゼグルス様が近づいてくる。

「いつまで無駄話をするつもりだ」

「あら、おかしなことを言うのね。聞こえてたのに止めなかったのは、ゼグちゃんの方でしょ？」

「この場で止めたとしても、後で話すだけだろ」

「てへっ、バレちゃった？　だって、ゼグちゃんが貴族の女の子と一緒なんて、珍しいんだもん」

貴族である私に対して、純粋に心配して声をかけてくださったという意味では、ゼグルス様も丸くなったのかもしれない。

「余計なことを言うな。貴族に話したところで、平民の心を理解できるはずがない」

「そうやって貴族を目の敵《かたき》にするのは、ゼグちゃんの悪いところよ。もう少しちゃんと向き合わないと、そのうち宮廷錬金術師の地位を剥奪《はくだつ》されてしまうわ」

「フンッ。国王陛下は話のわかるお方だ。そのような野暮《やぼ》な真似はしない」

「そう？　王様は貴族のトップだけど？」

「知ったことか」

険しい表情で言葉を発するゼグルス様と、どこか楽しそうに話すヴァネッサさんは、こちらが口を挟む暇もなく話し続けていた。

性別も違えば、年齢も離れている。言い合いばかりしているように見えるけど、互いのことを思い合っているみたいだった。

わざわざ錬金術ギルドの近くで待ち合わせして、危ない目に遭わないようにエスコートしてあげるゼグルス様と、彼のことを心配するように話をしてくれたヴァネッサさん。

その二人の信頼関係が、ちょっぴり羨《うらや》ましく思えてくる。

「二人は仲が良いんですね」

「いつまでもラブラブなのよ。ねっ、ゼグちゃん？」

「どこをどう見たらそういう考えになるんだ？　やはり貴族とは価値観が合わないみたいだな」

どう見ても年の差を感じさせないほど仲が良いけどなー、と思いながら歩いていると、私の家の近くまでやってくる。

「私はこちらで大丈夫です。家の近くまで送ってくださり、ありがとうございました」

「気にしないで。また錬金術ギルドで待っているわ」

「……」

送ったつもりはない、と言わんばかりにゼグルス様が口を閉ざすが、こればかりは仕方ない。

心配してくれたのは事実だし、素直に感謝するとしよう。

これから仕事に向かう二人を見送り、疲れた体を休めようと思っていると、ヴァネッサさんたちの会話が聞こえてきた。

「で、あの子の方はどう？　元気にしてる？」

「ちょうどチンチクリンのところに派遣したばかりだ」

「そう。じゃあ、問題なさそうね。本当はもう少し……」

二人が少しずつ遠ざかり、だんだんと声が聞こえなくなっていく。

ただ、身に覚えのある話であっただけに、ちょっぴり複雑な気持ちを抱いてしまった。

ヴァネッサさんが気にしている子は、リオンくんとみて間違いない。師弟関係ではなくなった今でも、弟子のことを気にかけているんだ。

心配するように問いかけたヴァネッサさんの声音と、リオンくんの寂しそうな表情を思い出せば、二人が顔を合わせていないことはすぐにわかる。

私はまだ詳しい事情を知らないし、今日はゼグルス様に不躾な質問をして、たしなめられたばかりだ。安易に首を突っ込むわけにはいかない問題だとわかりつつも、良い方向に向かうことを願わずにはいられなかった。

リオンくんの近況を聞いたヴァネッサさんの横顔が、遠ざかった今でもなお、嬉しそうに見えているのだから。

調査依頼

国王様からの依頼を引き受けた私たちは、魔物の繁殖騒動の原因を調査するため、浄化ポーションを作成する慌ただしい日々を過ごしていた。

私とリオンくんが聖水を作り、クレイン様が浄化ポーションを調合する。

それを繰り返そうとしていただけなのに、少しずつ歯車が噛《か》み合わなくなり、混乱状態に陥ってしまう。

調合作業の下準備が遅れたり、太陽光を浴びた聖水が変質したり、付与と調合の領域展開を間違えたり。

みんなで手分けして作業を進めるうちに、だんだんどの工程が遅れているのかわからなくなって、終始ドタバタしてばかりだった。

それでも、みんなで力を合わせた結果、作業台の上に浄化ポーションがズラリッと並ぶほど、大量に完成している。

これを現地に持ち込む必要があるため、まだ積み荷作業が残っているのだが——。

「ふぁ～、ようやく終わった……」

「はぁ～、ようやく終わった……」

ひとまず、無事に浄化ポーションの作成が終わったことを喜ぶとしよう。

少なくとも、私とリオンくんは床に座り込むほど、体力が尽きているのだから。

一方、クレイン様は疲れた様子を見せない。まだまだ余裕があるみたいで、浄化ポーションを手に取って眺めている。

「ご苦労だったな。後は俺が最終確認して、出発の準備を済ませる。今日はゆっくり休んでくれ」

「はーい……」

「はーい……」

本来なら、それは助手の仕事なので私がやります、と言うところだ。

しかし、今の状態で仕事をすれば、ミスを連発しかねない。

今回の確認作業は、クレイン様にお願いしよう。

やっぱり宮廷錬金術師は違うなーと思う反面、今までこんなことを一人でやっていたのかと、疑問を抱いてしまう。

普段作っている回復ポーションよりも手間がかかるし、下準備から積み荷までやろうとしたら、かなり疲労が蓄積する。

そんな状態のまま調査依頼に向かうなら、過剰労働としか言いようがない。錬金術が大好きな私でも、さすがにやりたくないと思ってしまった。

でも、クレイン様は逆に生き生きとしているみたいで、上機嫌のままポーションの最終チェックを行っている。

「上出来だな。これぐらいの品質であれば、調査にも支障をきたさないだろう」

今まで難題の依頼を一人でこなしてきた分、工房の総力を挙げてやり遂げられたことに、大きな充実感を覚えているのかもしれない。

きっと今は、誰かと共に錬金術をする喜びを噛み締めているんだろう。

まあ、工房の総力を挙げたといっても、たった三人しかいないけど。

そのうちの一人、臨時メンバーのリオンくんは、口がポカンッと開いてしまうほど疲弊していた。

「クレイン様の工房は、いつもこんなに忙しいんですか？」

「普段は私が錬金術をご教授いただけるくらいには、時間にゆとりがありますよ。今回は作業量が多かったので、忙しかっただけだと思いますね」

「そういう問題じゃない気がします。クレイン様の工房は、圧倒的に人手不足ですよ。ここまで順調に作業が進んだのは、奇跡としか言いようがありません」

広い工房にポツンッと三人しかいないので、リオンくんの言うことには納得がいく。

「わかります。どう考えてもおかしいですよね。見習い錬金術師の私しか助手がいないのに、即戦力扱いしてくるんですよ」

この問題の根底は、私を見習い扱いしないクレイン様の間違った考えにある。

そう言いたいんですよね？　リオンくん!!

「自分ではわかってないと思いますが、ついていけてるミーアさんが一番おかしいんですよ。僕の三倍くらい働いてましたからね」

予想外の答えが返ってきて、まさかのカウンターを決められてしまう。

何の冗談なのか……と思うものの、リオンくんのジト目が嘘《うそ》ではないと物語っていた。

「な、何を言っているんですか。私はまだまだ見習い錬金術師であって……」

「手間暇がかかる浄化ポーションの作成は、Bランク相当の依頼に該当します。普通の見習い錬金術師であれば、絶対に作れないものですよ」

衝撃の真実を聞かされ、浄化ポーションを確認するクレイン様をチラッと見てみると——、

「言われているぞ、見習い錬金術師」

などと言われる始末である。

これでは、私の方がおかしいということに……。

えっ？　本当に私がおかしいのかな。

「ちなみに、リオンくんが普段は付与作業を中心にしているから、そう見えただけでは……？」

「確かに、三年ぶりに調合しましたけど、僕も調合作業は人並みにはできます。付与作業をメインにしていても、二人のペースに合わせるのが精一杯だったので、驚きを隠せませんでした」

真剣な表情を浮かべたリオンくんは、作業に対して思うところがあったのか、反省するようにうつむいてしまう。

「ミーアさんとクレイン様は常に同じペースで作られていただけでなく、作成されたものの大半が同じ品質でした。日が変わっても、朝から晩まで仕事していても、ずっと同じなんです。でも、僕は日によってコンディションも変わり、疲労と共に魔力消費量が増えて、品質の低下と作業時間の増加が顕著だったと思います」

横で見ていた限り、リオンくんは先輩錬金術師として、頼もしい姿で作業していたように見えた。

でも、内心は焦っていたみたいだ。

自分で開発した力の腕輪ばかり触っていた影響で、魔力を制御する際に変な癖でもついてしまったのかもしれない。

クレイン様はそのことに気づいていたみたいで、手元の作業を中断して、リオンくんに視線を向けた。

「無闇に他者と比較して落ち込む必要はないが、冷静に自己分析することは重要だ。それによって自分に足りないものを見つけ出せることがある。この機会に得られるものがあるかないかは、リオンの気持ち次第だな」

冷たく言い放ったわけではなく、クレイン様は何かを諭すように言葉を投げかけていた。

リオンくんに自分で気づいてほしいことなのか、自分で気づかなければ意味がないことなのかは、わからない。

でも、簡単に答えを教えようとしないのは、きっと何か意味があるんだろう。

ゼグルス様も『まだ自分を見つめ直す余裕は持てないか』と言っていたので、魔装具を完成させるために乗り越えなければいけない壁に、リオンくんはぶつかっているのかもしれない。

せっかく一緒に仕事するなら、私もできる限りのことは協力してあげたいんだけど……。

そう思っていると、今度は私がクレイン様にジト目を向けられてしまった。

「どこかの見習い錬金術師も、冷静に自己分析してもらえると助かるんだが」

リオンくんの成長を優しく見守ろうとしていた雰囲気から一転して、呆《あき》れムードが漂い始める。

しかし、過保護のクレイン様に言われてもなーと思った私は、大きなため息をついて応戦した。

「クレイン様もリオンくんも冗談がお好きですね。まるで私が普通の見習い錬金術師じゃないみたいじゃないですか」

「……」

「……」

ハイ、先ほどからそう言っているんですよね。さすがに私も気づきますよ。

宮廷錬金術師の先輩助手であり、力の腕輪を製作したリオンくんの三倍も働いていたことが事実なら、二人の言い分に納得せざるを得ない。

思い返せば、新しく覚えた付与スキルに興奮して、時間を忘れて残業したことがあった。

ドタバタしていながらも、必要以上に張り切っていた記憶もある。

だから、リオンくんの言い分は間違いではないと、頭で理解できてしまう。

「どうりで体が疲れていると思ったんですよね」

「作業の途中で疑問を抱いてください。僕からの視点だと、宮廷錬金術師が二人いるような感覚でしたよ」

さすがに言いすぎだと思いますが、今はその言葉を甘んじて受け入れましょう。

なぜなら、これはクレイン様の教育方針に問題があるはずですから。

「もともとクレイン様は調合に厳しい方なんです。ポーションの依頼を任された時も、いきなり百本単位の依頼を引き受けてこられたんですよ。ちゃんと納品できたからよかったものの……」

見習い錬金術師になったばかりの時に引き受けたポーションの作成依頼を思い出した私は、唐突に違和感を覚えて、言葉に詰まってしまう。

以前、別の依頼で二百本ものポーションを数日で作り終えた時、クレイン様にこう言われたことがあった。

『一週間で二百本ものポーションを作るなら、一般的に四人の錬金術師が必要になるぞ』

クレイン様はもっと早くポーションを作るし、他に比較できる工房の仲間がいなかったので、特に気にしてこなかったけど……。

リオンくんの苦笑いは、明らかにそれが異常だと告げていた。

「クレイン様としては、ミーアさんに自分の限界を知ってもらったり、ポーションの作成に失敗させて学ばせたり、力量を調べたりするために、あえて多くの依頼を受けてこられたんだと思います。それを無難にこなしてしまったら……」

不穏なことを口にしたリオンくんの元にクレイン様が近づくと、彼の肩にそっと手を置いた。

「リオン、その辺にしておいてやってくれ。本人は、これでも見習い錬金術師のつもりなんだ」

「自分で気づかないという意味では、かろうじて見習い錬金術師と言えるのかもしれません」

「無理に見習い扱いしなくてもいい。こっちの身がもたなくなるぞ。さあ、明日は調査依頼に出発する予定だ。今日はゆっくりと休んでくれ」

「わかりました。お言葉に甘えさせていただきます」

二人の反応を見た私は、工房にリオンくんがいてくれる間だけでも、もう少し周りを見て錬金術に取り組もうと思うのであった。

疲れきった体を休めた翌日。太陽が昇り始めた早朝に、私は王城に向かって歩いていた。

ようやく浄化ポーションを作り終えたばかりなのに、もう調査依頼に向けて出発するほどの強行日程である。

果たして、ここまで早急に対応する必要はあるんだろうか。あまり状況が芳《かんば》しくないとはいえ、もう少し落ち着いて対処した方がいいような気がした。

薬草不足が改善するまでは警戒するべきだと判断したのか、それほど魔物の繁殖を恐れているのかはわからない。

子爵令嬢で見習い錬金術師の私が、国王様の判断に異を唱えるつもりはないけど、釈然としなかった。

「まあ、いっか。浄化ポーションを作り終えた時点で、私の役目は終えたようなものだから。今回の調査依頼は、実地研修みたいなものだよね」

宮廷錬金術師の助手とはいえ、私は調査依頼に対して、まったくの素人である。

クレイン様の補佐をしたり、リオンくんに助手の仕事を教えてもらったりするだけで、大きな役割を担うことはない。遠征実習のような軽い気持ちで臨んでいた。

そんなふわふわした気持ちで王城にたどり着くと、予想外の光景が目に飛び込んでくる。

貴族を乗せるための豪華な馬車の前で、すでにクレイン様と五人の騎士が話し合いを始めているのだ。

集合時間の三十分前に着くように家を出たはずなのに、まさかクレイン様よりも遅く着いてしまうなんて……。

スーッと血の気が引いていくのと同時に、馬車に積み荷を運び終えたリオンくんの姿が見えた。

冷や汗を垂らした私は、ゆっくりと彼の元に近づいていく。

「おはようございます。あの……もしかして、遅れてしまいましたか？」

「おはようございます。心配しなくても、まだ集合時間になっていませんよ」

「でも、すでにクレイン様が来られていますし、騎士の方と打ち合わせをしていますけど」

「こういった緊急依頼の場合は、事前に十分な話し合いができていないので、出発前に情報共有をすることがあります。クレイン様の性格上、キッチリと話しておきたかったんだと思いますよ」

確かに、国王様の急な依頼から始まり、あっという間に物事が進んでいる。書類による情報の伝達だけでは、不十分なことも多いだろう。

馬車の中でも話し合いができる私たちとは違い、護衛する騎士たちとゆっくり話をするためには、出発前に時間を作るしかなかった。

遠征実習のような気持ちでいるのは、軽率だったかもしれない。

今回の依頼で学べることは、思っている以上に多いと悟った。

リオンくんが馬車の積み荷が崩れないようにロープで固定し始めたため、私はその作業を手伝うことにする。

「ちなみに、リオンくんはどれくらい前に来られたんですか？」

「少し前に来たばかりですよ。僕よりもクレイン様の方が早く来られていて、積み荷作業をされていたくらいですから」

「そうでしたか。初めての調査依頼とはいえ、クレイン様に負担をかけるのはよろしくありませんね。次からは気をつけないと……」

冷や汗をかいていたこともあってか、リオンくんが納得するように頷《うなず》いてくれている。

「助手という立場的には、一番遅くなると不安ですよね」

「そうなんですよ。まさかここまで皆さんが早いとは思いませんでした」

「事前にお伝えしておくべきでしたね。積み荷の量次第ですが、基本的に三十分前に集合すれば大丈夫ですよ」

「わかりました。王都を離れて仕事するのは初めてですし、こういうことに詳しい知り合いがいないので、いろいろと教えていただけると助かります」

錬金術の作業ならクレイン様に聞きやすいけど、助手の作業のことはリオンくんの方が聞きやすい。一緒に働ける時間が少ない分、時間のあるうちにいろいろ聞いておこうと思った。

しかし、何かおかしいことでも口にしたのか、リオンくんにクスクスと笑われてしまう。

「工房に他の助手がいないのであれば、気にされる必要はないと思いますよ。実は、クレイン様にも同じようなことを聞かれたんですよね」

「えっ？　クレイン様にもですか？」

「どこまで助手に仕事を任せるべきなのか、まだ手探り状態なんだと思います。助手の仕事を奪いすぎると信頼していないみたいですし、逆に任せすぎると傲慢《ごうまん》な印象を与えかねません。今まで一人で依頼をこなされてきた分、仕事配分に悩まれているみたいですね」

リオンくんの言葉を聞いて、クレイン様にとっても初めてのことなんだと気づかされた。

工房に自分以外の誰かがいることも、御意見番という名の助手と共に仕事をすることも、弟子を取って錬金術を教えることも、すべて未経験のことであり、彼を取り巻く環境も変化している。

そんな中でも私が途中で挫折することなく、一人前の錬金術師になれるようにと、いろいろ考えてくださっているに違いない。

新しく付与スキルを学んだばかりの私と、それを教えていたリオンくんの方が負担が大きいと思い、品質の確認や積み荷作業をやってくれたはずだから。

「気遣っていただいてばかりで、恐縮しますね。せめて、期待に応えられるように頑張ります」

「もう十分に結果は出ていると思いますけどね。あっ、このことはクレイン様には内緒にしておいてください。余計なことを言うなと、怒られてしまいそうなので」

「わかりました。内緒にしておきます」

二人で軽い雑談を挟みながら、積み荷をロープで固定し終えると、クレイン様が近づいてくる。

どうやら向こうの話し合いも終わったみたいだ。

「今回の調査依頼は、国王陛下のご厚意により、近衛騎士が護衛の任についてくれるそうだ」

「珍しいですね。国王様がいらっしゃるわけでもないのに、近衛騎士が同行してくださるなんて」

「それほど危険な依頼だと認識されているか、気軽に動かせる騎士が不足しているか、といったところだな。なんにせよ、俺たちにとっては追い風だ。安全に調査依頼をこなせるだろう」

護衛の人数が少ないと速やかに移動できるので、少数精鋭の方が効率が良い。国王様をお守りする優秀な近衛騎士が五人も同行してくれるとなると、とても心強い印象だった。

「予定を確認しておくが、今回の依頼は魔物が繁殖した原因を突き止めるものだ。前回の魔物の繁殖騒動が起きた東の森より二日ほど進んだ場所の調査で、迅速な対応を求められている」

「瘴気《しょうき》の浄化も行わなければならないから、ですよね」

「その通りだ。再び魔物の繁殖が進まないように、最善の策を取らなければならない。逆に言えば、現場で調査する俺たちが一番危険な状況に陥る恐れがある。近衛騎士の指示には、最優先で従ってくれ。特にミーアは要注意だ。今回が初めての調査依頼だからな」

「わかりました。気をつけたいと思います」

クレイン様や近衛騎士の皆さんの足を引っ張らないように行動しよう。

「では、早速馬車で移動するぞ。明るいうちに馬を走らせて、安全を確保しながら進む」

「はいっ」

「はいっ」

改めて予定を確認した私たちは、気を引き締めて国王様の依頼に臨むのだった。

馬車に乗った私たちは、近衛騎士に護衛されながら、目的地の平原へと向かって進んでいく。

対面に座るクレイン様は、この依頼の責任者ということもあってか、地図と照らし合わせながら報告書に目を通していた。

険しい顔をされているし、何度も報告書を見返しているので、難しい依頼なのは間違いない。

国王様に直接依頼されたことを考えると、普通の錬金術師では解決できない問題とも言い換えることができる。

近衛騎士まで護衛についたとなれば、なおさらのこと。楽しく浄化ポーションを作っていた時間が、まるで嘘のように緊迫した雰囲気に包み込まれていた。

まあ、力の腕輪に目を輝かせる私と、その制作者のリオンくんは呑気《のんき》なものだが。

「やっぱりいいですね。装着するだけで怪力になれる道具なんて、夢のようなアイテムですよ」

「そこまで褒められると、恐縮しますね」

照れたリオンくんがモジモジする隣で、私は力の腕輪に魅了されたかのように、うっとりと眺めている。

……力が欲しい。酷《ひど》い縁談ばかりが送られてくる日常を変えるための、強大な力が！

この力の腕輪を装着すれば、それが叶《かな》う。何も迷うことはない……と言えたら、どれほど楽だっただろうか。

現実には、どう見ても女の子用に作られていないので、これを身につけて生活するのは難しかった。

女性の冒険者や騎士が装着するならまだしも、貴族令嬢が身につけるものとしては、越えてはならない一線を越えているような気がする。

「以前の試験会で、騎士の皆さんが使用されていたのも同じ形状でしたよね。力の腕輪はこの形で決まっているんですか？」

「魔力の流れやすさを考慮すると、こういった形になりますね。同じ形状にした方がムラになりにくい、というのもあります。もちろん、違う形にも挑戦したことはありましたけど、どうにもうまくいかなくて……」

リオンくんが苦笑いを浮かべているので、形状を変更するのはとても難しいことなんだろう。

もしそれが可能なのであれば、調査依頼が終わった後に可愛《かわい》いデザインで製作してもらえるか交渉してみようと思っていただけに、私は残念な気持ちでいっぱいだった。

頼み込んだら挑戦してくれそうな気がするけど、リオンくんに迷惑をかけたくはない。

はぁ〜……。力の腕輪で怪力令嬢となり、縁談を断る作戦は失敗、か。

「私の知る限り、市販されているランプの魔導具などはいろいろな形で作られているので、てっきり騎士団用に統一したものなんだと思っていました」

「魔導具と魔装具は別物ですから、比較しない方がいいですね。技術が確立している魔導具と違って、魔装具は手探りで作っていきますから」

確かに、大勢の錬金術師が作る魔導具と、ほんの一握りの人しか作れない魔装具を比べるものではない。

しかし、同じ付与スキルを使っているのに、まったく別のものが作られるのは違和感がある。

「単純な疑問なんですけど、魔導具と魔装具は何が違うんですか？」

「基本的に、強い魔法の力を帯びた武具防具や装飾品の類《たぐい》を魔装具と呼び、魔法の力を帯びた便利な道具は魔導具と呼んでいます。素材の魔力や付与のやり方によって、力の引き出し方を変えているのが、一番の違いでしょうか」

「そういえば、オババ様も言っていましたね。火属性が付与されたコンロの魔導具も、出力を高めるだけで爆弾に変わる、と」

「制御の仕方を変えるだけで別ものになるので、純粋に魔導具と魔装具は比較できません。錬金術の世界では、魔法の力を最大限まで引き出すと認められた装備を、魔装具と呼んでます」

ん？　魔法の力を最大限まで引き出すもの？

どこかで似たようなことを聞いたことがあるようなないような……、気のせいかな。

そんなことを考えている間に、リオンくんの錬金術魂に火がついてしまったのか、生き生きと話し始めていることに気づく。

「最近はいろいろ細かいルールがわかり始めていて、二つ以上の素材から魔力を付与しなければ、魔装具にはならないと判明したんです。装備の材質や作り込みはもちろん、魔力の流れや性質を考えた上で制御するとなると――」

目を輝かせて語るリオンくんの姿を見ると、彼も錬金術が好きなんだなーと実感する。

相槌《あいづち》を打つタイミングがわからないほど早口で、正直何を言っているのかわからない。唯一わかるのは、リオンくんが魔装具に強い憧れを抱いていることだけだ。

そして、クレイン様がクスクスと笑う姿を見て、普段の私もこんな感じなんだろうなーと、察するのであった。

順調に馬車が進み、二日が経過する頃。街道付近に設営された騎士団の野営地が見えてきた。

大勢の人が調査に来ているとわかるほど、大きな白い天幕が張られている。魔物の襲撃を危惧しているのか、何人もの騎士が警備をしていた。

そこに到着して馬車を降りると、奥から一人の騎士が出迎えに来てくれる。

「お待ちしておりました、クレイン殿。娘が世話になっております」

まさかの私のお父様である。

最近家で見ないなーと呑気なことを考えていたのに、騎士を引退したはずのお父様が現場の指揮を執っていたとは思わなかった。

さすがに現役騎士のお兄様まで一緒なんてことはないよね!? と、周囲を見渡してみたが、兄の姿は見られなかった。

こんなところで家族面会が始まらなくてよかった……と私が安堵《あんど》する一方で、クレイン様は堂々とした立ち居振る舞いを見せている。

父とも面識があるみたいで、取り乱す私を気に留める様子もなかった。

「ミーア嬢には、こちらが世話になっているくらいだ。立場上は難しいかもしれないが、必要以上に気遣わなくても構わない」

「それはこちらの台詞《せりふ》にございます。娘がいる程度で、態度を変える必要などありますまい」

なぜか顔合わせで険悪なムードが漂い始めて、現場の空気が張り詰めてしまう。

わざわざ私を令嬢扱いして、敬語を使わなくてもいいと配慮してくださったクレイン様に対して、お父様はそれを拒んだのだ。

爵位の差を考えると、クレイン様と同等の振る舞いを見せるなどあり得ない話かもしれないが、臨機応変に対応してくれてもよかったと思う。

まさに融通の利かない父親、頑固親父《おやじ》とはうちのお父様のことである。

「相変わらず不器用だな」

「職務を全うするのみ。それだけのことにございます」

ただでさえ上司と父親が話しているだけで気まずいのに……。

今までで一番空気が悪いっ！ 同席している娘の気持ちにもなってほしいよ！

思わず、私はクレイン様に軽く頭を下げた。

「すみません。融通の利かない父で」

「ミーアが謝る必要はない。貴族の姿勢としては、ホープリル子爵が正しい」

何を言われても微動だにしないお父様とは、仕事以外の話はできそうになかった。

もはや、真面目なのか無礼なのかわからない。ただ、普段から私とも最低限の会話しかしないので、これが普通とも言える。

そんなことを考えている間に、早くもクレイン様とお父様が本題に入ろうとしていた。

「報告書には目を通したが、随分と瘴気が蔓延《まんえん》しているみたいだな」

「可能な限り調査範囲を広げたところ、まだまだ瘴気の被害が広がっていることを確認しております。このままでは、早い段階で魔物の繁殖が始まり、大規模な災害に繋《つな》がるやもしれません」

「調査を続けるにしても、浄化作業を並行して行わなければ、平穏は保たれないということか」

「おっしゃる通りにございます。こちらの準備を待ってくれるほど、魔物は甘くありません。薬草不足を補うためにも、一刻も早く瘴気を浄化する必要があるでしょう」

真面目な話はちゃんとするんだなーと思いながら、二人の話を聞いていると、振り向いたクレイン様と目が合った。

「魔物の繁殖が進まないうちに、瘴気の浄化作業を始める。ミーア、リオン。騎士たちに浄化ポーションの使い方を指導してやってくれ」

「はいっ」

「はいっ」

宮廷錬金術師の助手として、初めて外で仕事を与えられた私は気を引き締める。

仕事場にお父様が偶然いたからといって、動揺したままではいけない。いったん仕事に専念して、ミスをしないように心がけよう。

お父様が現場の騎士に集合をかけている間に、私はリオンくんと手分けして、馬車から積み荷を下ろしていく。

途中でその中身を確認するものの、浄化ポーションの瓶が運搬中に割れた様子は見られない。

「品質にも異常は……なさそうだね。付属のスプレーボトルも大丈夫かな」

今回作った浄化ポーションは、使う時だけボトルに入れ替えて、スプレーのように噴霧するタイプのものだ。

広範囲に薄く広がった瘴気を浄化するには、これが最も効率がよい。持ち運びもしやすく、消費量も抑えることができる優れた方法だった。

……私も今朝教えてもらったばかりだから、あまり詳しくはないけど。

浄化ポーションの準備をしていると、続々と騎士たちが集まってきたので、リオンくんと二手に分かれて説明会を開くことにした。

「事前情報で瘴気が多いと聞いていたので、浄化ポーションを多めに持ってきています。ですが、不足することを考慮して――」

現場の状況を含めて、説明すべきポイントを簡潔にまとめて説明していただけなのだが……。

「以上になります。何かこれまでのところで、わからない点はありませんか？」

「いえっ！　問題ありませんっ!!」

現場にお父様がいる影響だろうか。私の話を聞いていただけなのに、騎士たちが妙にピリピリとしている。

思わず、説明を終えたリオンくんが小声で話しかけてくるほどには、重い空気が漂っていた。

「騎士の皆さん、今日は気合いの入り方が違いますね。いつもより迫力がすごいですよ」

「あははは……。もっと肩の力を抜いてくれた方が説明もしやすかったんですけどね」

もはや、この空気を浄化したい。いくらお父様が鬼教官だからといって、娘の私にまで畏《かしこ》まらなくてもいいと思うんだけど。

緊張した騎士たちに浄化ポーションを配る中、そんな状況に陥っていることを気に留めないお父様は、呑気にクレイン様と会話していた。

「ところで、鬼神と呼ばれたホープリル子爵が現場に足を運ぶほど、騎士団は人手不足なのか？」

「いえ、異例の事態ゆえに、駆り出された次第です。王都周辺で大量の瘴気が発生するなど、今まで一度もありませんでしたので」

「だろうな。普通は人が住まない廃村や辺境地、戦争跡地で見られるものだ。自然災害と言い切るには、疑問を抱く」

「人為的な災害と言い切るにも判断材料が足りません。迅速に対応するには、老兵が現場に戻る必要があった、という陛下の判断にございます」

思い返せば、騎士を引退したはずのお父様が現場に復帰するなんて、今まで一度もなかった。騎士団に怪我《けが》人が続出して、一時的に人手不足になった時でさえ、前線に復帰したことはない。

ましてや、お父様は家族に知らせずに現場で指揮を執っている。

それがお父様の意思によるものなのか、国の命令によるものなのかはわからないけど……、聞いても教えてくれないだろう。

「近隣の魔物は駆除しておりますが、どこからともなくやってきます。騎士が護衛するとはいえ、十分に警戒してください」

「わかった。ひとまず、現地の騎士は浄化作業に専念してくれ。俺たちもすぐに調査を開始する」

「御意」

ちょうど浄化ポーションを配り終えた私とリオンくんは、お父様と入れ替わるように騎士の元を離れる。

クレイン様とお父様の話を聞く限り、雲行きが怪しくなってきたのは間違いない。しかし、私たちがやるべきことは何も変わらなかった。

「馬車で運んできた荷物を整理しましょうか。安全な場所にまとめた方がいいですよね」

「そうだな。本当は到着したばかりで休憩を挟みたいところだが、時間は限られている。俺たちも準備ができ次第、調査に向かうぞ」

「わかりました。重たいものはリオンくんにお任せしますね」

「はい。任せてください」

私も調査と浄化を頑張ろうと思いながら、馬車の積み荷を整理するのであった。

調査するための準備を終えると、魔物が繁殖した原因を探るべく、私たちは野営地から離れた森に訪れていた。

護衛騎士が守ってくれるとはいえ、王都の外に一歩でも出れば、何が起こるかわからない。身の安全を最優先にして、互いの姿が見える範囲で活動している。

持参したバッグから錬金術の道具を広げるクレイン様と、土に含まれる魔力を測定するリオンくんは、すでに地質調査を始めていた。

その一方で、大きな木の前でしゃがむ私は、黒いモヤモヤした煙のようなものをぼんやりと眺めている。

「これが瘴気、か」

本や資料で存在は知っているものの、実際に現物を見たのは、これが初めてのこと。思っていたほど毒々しい印象はなく、恐れを抱くようなものとは思えなかった。

「放っておくと魔物になるらしいけど、そういうふうには見えないね。あまり観察していると悪い影響が出るかもしれないから、早めに浄化しておこう」

不用意に触らないように注意しながら、バッグからスプレータイプの浄化ポーションを取り出す。

小さな瘴気にシュシュッと噴きかけるだけで、空気に溶け込むように跡形もなく消えていった。

たったこれだけで浄化ができるのかと思う反面、瘴気が薄すぎて危険性を感じないだけだとも言い換えられる。

決して油断してはならないと頭では理解しているが……。

瘴気を見つけ次第、浄化ポーションをシュシュッとかけるだけの簡単な仕事しかできない私には、緊張感の欠片《かけら》もなかった。

経験と知識が不足しているため、仕方のないことではある。

でも、浄化ポーションを頑張って作り続けて、調査依頼に臨んでいるだけに、物足りない気持ちで胸がいっぱいだった。

「ただ同行するだけっていうのもなー……。あまり二人の作業の邪魔はしたくないけど、その内容くらいは把握させてもらってもいいかもしれない」

思い立ったが吉日、クレイン様の元に近づいていくと、怪しい儀式のようなことをしていた。

魔法陣が描かれた巻物を広げて、その上に黒い遮光瓶が置かれている。

「何をされているんですか？」

「瘴気の成分を分析するのに、サンプルを採取するところだ」

そう言ったクレイン様が魔法陣に魔力を流すと、黒い遮光瓶の中に瘴気が吸い込まれていく。

「ほえ〜。こういうこともできるんですね」

「手で触ると危険なエネルギー体は、何が起きるかわからない。外で瘴気に毒されてしまったら、命を奪われるケースもあるからな」

瘴気をすべて吸い終えると、クレイン様は遮光瓶に蓋《ふた》をして、密閉用のシールを貼り付けた。それを魔力が込められた布で厳重に覆い、慎重に箱の中に入れている。

「意外ですね。薬草はともかく、瘴気の成分まで調べるとは思いませんでした」

「万が一、瘴気の毒素でやられた時、成分を解析していないと適切なポーションが作れない。瘴気が濃い場合は、最優先で行う作業だ」

なるほど。今回は瘴気の濃度が薄いから、必ず必要な作業とは言えないのか。

瘴気を防ぐマスクや防護服も準備していないので、すでに騎士団の調査で毒性は低いと判明しているんだと思う。

「詳しい話を聞くと、納得しますね。瘴気によって成分が異なるだなんて、初めて聞きました」

「調査に来る人間は限られているから、知らなくても不思議ではない。今回のようなケースでは成分を解析することは少ないが……。まあ、念のためというやつだな」

口を濁したクレイン様は、思うところがあるのか、神妙な面持ちをしていた。

先ほどのお父様との会話から推測すると、穏やかな状況だとは思えない。何かの痕跡が見当たらないか、後で調べたいんだろう。

人為的に瘴気を発生させるなんて話、聞いたこともないけど、果たして……。

「騎士団の調査では、このあたりを中心に瘴気が多く発生している。騎士が安全を確保してくれているが、十分に気をつけてくれ」

「わかりました。瘴気を見つけ次第、シュシュッと浄化しておきますね」

やっぱり作業の邪魔になってしまうのか、クレイン様が調査の仕方を教えてくれる様子はない。師弟関係らしいイベントが起こることもなく、瘴気の浄化を優先するように言われてしまった。

これはあくまで国王様の依頼であり、お父様まで前線に駆り出される異常事態だと考えると、我《わ》が儘《まま》を言えるような状況ではない。

でも、ちょっとくらいは教えてくれてもいいのに、とも思ってしまう。

そんな私の気持ちを察したのか、クレイン様に笑みを向けられた。

「ミーアには、まだ調査のやり方を教えていない。今回は見学しながら、瘴気を浄化してくれるだけで十分だ。もしも不審な魔力の痕跡を見つけたら、遠慮なく知らせてくれ」

「……わかりました。でも、見習い錬金術師にもわかるような異常なら、すでに騎士の方々が見つけているような気もしますけど」

「物理的な痕跡はともかく、魔力の痕跡は判断が難しい。俺はミーアがとんでもないものを発見しそうで怖いと思っているぞ」

「瘴気を見たのも初めてなので、期待しないでください。あからさまに変なものでもない限り、怪しいと判断できる自信はありませんよ。あと、そういう言葉はあまり口にしない方がいいみたいです。なんでも、フラグを立てる、と言うらしいですよ」

「なんだ、それは」

「平民の間で流行《はや》っている言葉です。縁起が悪い言葉に分類されますから、クレイン様も気をつけてくださいね」

作業の邪魔をするわけにはいかないので、首を傾《かし》げるクレイン様の元を離れて、私は魔力を測定するリオンくんの方に向かった。

小さな袋に土を採取した後、持参していた薬剤を加えて、それの反応を見ている。

「リオンくんはこういう調査に来たことがあるんですか？」

「何度もありますよ。ヴァネッサ様の下で働いていた時は、いろんなことをやりましたからね。絶壁に咲く珍しい花の採取とか、魔物の血で育てるブラッドフラワーの栽培とか……。ヴァネッサ様の気が向く限り、何でも……」

急激にリオンくんの目から生気が失われてしまったので、過去の仕事が頭によぎり、ツラい思い出が蘇《よみがえ》っているんだろう。

深く関わっていない私でも、ヴァネッサさんとの思い出は良いことの方が少ない。それだけに、今までリオンくんがどれほど振り回されてきたのか、想像の域を超える気がした。

どうやら錬金術師として活動していた時も、ヴァネッサさんは自由に過ごしていたらしい。

「なんとなくお察しします。リオンくんも苦労されてきたんですね……」

「わかってくださいますか？　ヴァネッサ様、自分がやりたくない仕事を押しつけてくる癖があるんですよ……」

「ヴァネッサさんらしいと思います。私はクレイン様の助手で本当によかったです」

ただ、ヴァネッサさんとの思い出は悪いものばかりでもないみたいで、徐々にリオンくんの目に生気が宿り始める。

「それでも、僕は恵まれてると思いますよ。ヴァネッサ様が教えてくださった錬金術は、誰にも成し遂げることができなかった技術ですから。もし弟子になっていなかったら、力の腕輪は作れませんでした」

錬金術師としてのヴァネッサさんを知らない私は、どれほどすごい人だったのか、あまり実感が湧かない。

しかし、彼女が作ったネックレスを見ると、納得せざるを得なかった。

三日月型にデザインした小さなネックレスに付与を行うことが、どれほど困難な作業なのか、今ならよくわかる。針に糸を通すような感覚で魔力を付与した形跡があり、かなり精密な造りをしている印象だ。

これが未完成と言われても、納得できるはずもない。魔装具に分類されないだけで、とても優れたネックレスなのは、明らかだった。

「私には、ヴァネッサさんの考えることがよくわからないんですよね。たとえ魔装具が作れなかったとしても、これだけ素敵なネックレスが作れるなら、引退なんてしなくてもよかったのに」

「普通の感覚ではそうだと思いますが、ヴァネッサ様は満足されなかったんでしょう。これ以上のものは作れないと、自分で証明してしまったんですから」

「気持ちはわからなくもないですが、そんな代物を託されてもなー……」

心の声をボソッと口にしてしまい、ハッとする。

受け継ぎたかったであろうリオンくんの前で不謹慎だった……と思ったのだが、意外にそんな感じでもない。

周囲の様子をキョロキョロと確認したリオンくんは、私にゆっくりと顔を近づけてきた。

「あまり大きな声では言えませんが、ネックレスを託されたミーアさんには、お伝えしておくべきかもしれません。誰にも成し遂げることのできなかった、ヴァネッサ様の錬金術のことを」

「誰にも成し遂げることのできなかったヴァネッサさんの錬金術……？　私、とても口が堅いので、安心してそれをお伝えください」

錬金術大好きセンサーがビビビッ！　と反応した私は、考えるよりも先に言葉を発していた。

元Aランク錬金術師が残した素晴らしい技術。そんな喉から手が出るほど欲しい情報を前に、興奮せざるを得ない。

絶対に聞き逃さないようにと、耳に全神経を集中させる。

「実は、付与領域と形成領域を同時に展開すると、魔力の通り道を二重にできるんですよ。そうすることで、魔装具に近づくことができたんです」

……あれ？　どこかで聞いた話だな。それって、もしかしなくても――。

「EXポーションを作成する時に、同じことをしましたね。調合領域と形成領域を同時に展開すると、ポーションの品質が向上することがわかったんですよ」

ギョエッ！　と驚くリオンくんは、急にアタフタとし始めた。

「難しくありませんでしたか？　僕、力の腕輪を一つ製作するのに、最低でも五日はかかるんですけど」

「とても難しいですよ。素材ランクが低いものを使用するＥＸポーションでさえ、時間と手間が段違いですからね」

「わかります！　魔力操作が著しく難しくて――」

「ン、ンンッ!!」

クレイン様の大きな咳払《せきばら》いが聞こえ、私とリオンくんはドキッとした。

知らないうちに二人で興奮して、互いに大きな声を出していたのだ。

思わず、クレイン様の冷たい視線を見た私たちは、シュンッと縮こまってしまう。

「リオンくん。この話を聞かれるわけにはいかないので、なかったことにしましょう」

「そうですね。調査を再開しましょうか」

何事もなかったかのようにササササッと移動した私たちは、調査を再開するのだった。


地質調査を始めてから数時間が過ぎる頃。

浄化ポーションを手に持つ私は、クレイン様とリオンくんの間をウロウロと歩いていた。

調査の仕方を教えてもらいたくても、二人が険しい顔で作業しているため、声がかけにくい。邪魔にならないように遠くで見学するばかりで、作業のお手伝いをすることもできなかった。

見習い錬金術師である以上、こういう状況になるのも致し方ないとわかってはいるが、あまりのもどかしさに息が詰まりそうな感覚を抱いている。

もちろん、瘴気の浄化も立派な仕事ではあるのだが……。

「こちらより先の調査は控えてください。まだ安全が確保できておりません」

行動範囲を広げようとすると、周囲の安全を確保してくれる護衛騎士に止められてしまう。

彼らの指示に抗《あらが》うつもりはない。騎士団の野営地から離れた場所まで来ている影響か、魔物と瘴気の数が増えているのだ。

みんなに迷惑をかけないようにするためにも、騎士の指示には従うしかなかった。

こんなことで不貞腐《ふてくさ》れていてはいけないのに……と思っていると、クレイン様が近づいてくる。

「僅《わず》かに霧が出てきた。可能性は低いと思うが、魔物や瘴気の影響によるものかもしれない。いったん見える範囲の瘴気を浄化して、野営地に引き返すぞ」

「わかりました。リオンくんにも区切りの良いところで作業を切り上げるように伝えてきます」

「頼む。俺は騎士に指示を出してこよう。もう少し広範囲に散ってもらわないと、浄化できるエリアが狭くなり、次回の作業に支障が出るからな」

そう言ったクレイン様が騎士の方に駆け出していったので、私はリオンくんの元に向かう。

すると、何やら異変を感じているのか、周囲をキョロキョロと見回していた。

「リオンくんも霧が気になるんですか？　魔物や瘴気によって発生した可能性があるみたいなので、今日はこれで野営地に引き返すそうですよ」

「そうですか。このあたりの土に含まれる魔力がおかしいので、もう少し調査を続けたかったんですが……。仕方ありませんね」

「無理は禁物です。調査に区切りをつけて、見える範囲の瘴気を浄化してください。私は一足先に浄化してきますので」

「気をつけてくださいね。本当に自然発生した霧とは限らな――」

「わかってますって。クレイン様も同じことを言ってましたから」

久しぶりに仕事をもらった私は、あり余る体力を使い、瘴気が見える場所に駆けていく。

結局、浄化ポーションをシュシュッと吹きかけるだけの簡単な作業だが、部隊に貢献できることが嬉《うれ》しい。みんなは調査や護衛で疲れているだろうから、こういう時くらいは率先して動きたかった。

国王様に護衛騎士を付けてもらった以上、何かしらの成果を残さないと、国王様に合わせる顔もない。

初めての調査依頼は見ていただけでした、なーんて報告したら、宮廷錬金術師の助手の地位が危うくなるだろう。

もっと張り切って浄化しないと……！　そう思いながら、徐々に活動範囲を広げていく。

当然、年甲斐《としがい》もなく駆け回り、みんなとはぐれるようなことはない――と、思っていたのだが。

後ろを振り返れば、挙動不審なリオンくんが遠くに見えるだけだった。

「危ない……。瘴気の浄化に精を出しているうちに、迷子になるところだった。このあたりの瘴気だけ浄化して、早くみんなの元に戻ろう」

近くに見える瘴気に、浄化ポーションをシュシュッと噴きかける。

しかし、ここの瘴気は簡単に浄化できない。何度もシュシュッと噴きかけて、ようやく浄化される濃度だった。

「あれ？　このあたりの瘴気だけ濃くなってるのかな。じゃあ、この霧の原因って、もしかして近くに……」

急激に身の危険を感じた私は、首を左右に振って周囲の状況を確認。すると、少し離れた地面に、魔力が流れる変な模様の魔法陣を発見した。

円の形をした魔法陣ではあるものの、その縁《ふち》を蛇が絡みつくように一周している。全体が光を吸収するように黒いこともあって、不気味な印象を受けた。

そんな異様な魔法陣を発見してしまった私は、クレイン様の言葉を思い出す。

『俺はミーアがとんでもないものを発見しそうで怖いと思っているぞ』

こ、これが平民の間で話題のフラグ回収というものか！　まさか本当にこんなことが起こるなんて！

軽く目視するだけでも、自然界に存在するには、あまりに不自然すぎる魔法陣だ。

クレイン様やお父様が疑っていたように、誰かが邪《よこしま》な儀式をしていたに違いない。

「ミーアさーん！　どこですかー！」

背後から大きな声が聞こえて、ビクッ！　となった私は、急いでリオンくんの元に向かう。

「リオンくん、シーッですよ！　シーッ！」

「うわっ！　急に出てこないでくださいよ！」

必要以上に驚くリオンくんを見て、一つの疑問が思い浮かぶ。

正面から声をかけたはずなのに、まるで私が突然現れたような印象だった。

「ここまで急激に霧が濃くなったのは、明らかに変です。早く皆さんと合流しましょう」

「霧が濃く……？　霧は薄いままですよね？」

「おそらくヴァネッサ様が作られたネックレスを身につけている影響ですね。ミーアさんに及ぶ魔法効果を打ち消しているんでしょう」

リオンくんに言われて、胸元のネックレスを確認してみると、ボワーンと白く輝いていた。

どうりでリオンくんと話が噛み合わないわけだ。彼は地面に描かれた魔法陣の影響を受けて、極端に視界が悪くなっているんだろう。

「僕も魔法の干渉を受けにくい結界石を持ち込んでいますが、この霧にはあまり効果がありません。特殊なアイテムを保有していない限り、ここまで来ることすら困難なはずですよ」

リオンくんがポケットの中からお守り袋を取り出して、その中身を見せてくれる。

ヴァネッサさんのネックレスと同様に白く光る宝石のような石が三つも入っていた。

魔力を付与された形跡があるので、錬金アイテムの一種なんだと思う。

クレイン様や近衛騎士の方々がいないのは、深い霧に対抗する術《すべ》がないからかもしれない。

「これ以上進むのは危険です。いったん引き返しましょう」

「私もそう思ったところで、急いで離れようとしたんですが……。ここまで足を踏み入れるのが難しいのであれば、リオンくんにも確認しておいてもらった方がいいかもしれませんね」

調査依頼に慣れたクレイン様でさえ、魔法陣で作られた霧ではなく、自然発生したものだと認識していた。

報告した際、突拍子もないことだと思われないように、少しでも正確な情報を持ち帰るべきだ。

「このまま調査を続けるにしても、引き返すにしても、まずはヴァネッサさんのネックレスを共有しましょう。霧の影響を受けたままでは、方向感覚もなくなっていると思いますから」

ネックレスの干渉領域に入ってもらうため、リオンくんの手を取る。

徐々に彼の視界がクリアになっているみたいで、恐る恐る周囲を見回していた。

「さすがヴァネッサ様が作られたネックレスですね。ここまで魔法の干渉を防ぐのであれば、ミーアさんが霧に吸い込まれるように進んでいったのも納得します」

「そういうふうに見えているとは思いませんでしたが……とりあえず、落ち着いて聞いてください。あちらを見てもらうとわかると思いますが、すでに不自然な魔法陣を見つけてしまいました」

「えっ？　えーっ!?　ちょ、ちょっと待ってください。な、なんですか、あれは……」

魔法陣を見た瞬間、悪寒でも走ったかのように、リオンくんは青ざめてしまった。

どうやら普通の魔法陣ではないらしい。危険性が高いものと判断して、間違いなさそうだ。

「私も見つけたばかりで、詳細は不明です。霧がどれほど濃くなっているかはわかりませんが、瘴気はかなり濃くなっていましたね」

「そんな呑気なことを……って、ヴァネッサ様のネックレスで瘴気を無毒化している影響ですね。僕も結界石のおかげで問題ありませんけど、普通の人は体調不良を訴えるレベルですよ」

確かに、このあたりは不気味な雰囲気がある。私も発見した時は、身の危険を感じて逃げ出そうとしていたくらいだ。

そのことを思い出させるように、リオンくんが怯《おび》えてしまっている。

「ヴァネッサ様の助手をしていた時でも、あんな魔法陣は見たことがありません。あまり詳しくありませんが、根本的な構造が違う気がします。強い魔法耐性を持ったり、魔法干渉を防ぐアイテムを持っていたりしないと、霧が近づくのを阻むように構築されているみたいですね」

「幸か不幸か、このネックレスを身につけていた影響で魔法陣を見つけることができた、ということですね。霧が見えている時点で、完全には防げていないみたいですが」

「まさかこんな状況に陥ったことで、ヴァネッサ様のネックレスが未完成だと気づかされるとは思いませんでした。あの魔法陣は、それ以上の代物……で、間違いありませんね」

信じたくない気持ちが大きいものの、弟子のリオンくんが口にするのであれば、そう判断せざるを得ない。

性能の差は小さなものかもしれないが、対抗できる術がないと思うには、十分な情報だった。

少し怖くなった私は、繋いでいたリオンくんの手を強く握り締める。

「ここまで来られる人も限られているみたいですし、周囲を見渡す限り安全です。今のうちに魔法陣を調査してみますか？」

「おすすめはしません。何が起こるかわからないので、触れない方が無難です。でも、ミーアさんの言うことも一理ありますね。次に訪れる時は、もっと瘴気が濃くなり、状況が悪化している可能性が高いですから」

「この場所で魔物が繁殖したり、棲《す》み着いていたりしていても、違和感はありませんよね。こうして会話していられる時間も、あまりないのかもしれません。身の安全を考えるなら、すぐに逃げるべきだと思います」

クレイン様に心配をかけるだろうし、情報だけでも早く持ち帰った方がいいのかもしれない。国王様に納得していただけるかはわからないけど、少なくともクレイン様とお父様は聞き入れてくれるはずだから。

うーん……としばらく悩んだ後、リオンくんは手元にある結界石に目を移した。

「いざとなれば、結界石を消費して守ることもできます。あまり使いたくは――」

リオンくんの言葉が詰まった瞬間、どうしたんだろう……と疑問を抱いていると、急に魔法陣が大量の瘴気を吐き出し始めた。

今まで浄化してきた瘴気とは、濃度が違う。決して触れてはならないと感じるほど邪悪で、簡単には浄化できそうになかった。

そのことを証明するかのように、ヴァネッサさんのネックレスが私の魔力を消費して、一段と輝きを増していく。

これがどれほど危険な状況なのか、嫌でも察してしまう。

話し合いなんてしている暇はない。今すぐに逃げるべきだ。

そんなことが頭でわかっていても、あまりの急な展開に体が動かない。

魔法陣から目を離すのが怖くて、私たちはそれを凝視することしかできなかった。

「……」

「……」

蛇に睨《にら》まれた蛙《かえる》とは、このような気持ちなんだろうか。

怖い……そんな言葉で言い表せられないほどの恐怖を前にして、何もすることができない。手足を震わせ、かろうじて呼吸するだけで限界だった。

早く瘴気が止まってほしい、などという私の気持ちが通じるはずもなく、魔法陣は勢いよくそれを吐き続ける。

しかし、周囲に大量の瘴気が満ちた影響なのか、少しずつ変化が起き始めた。

徐々に魔法陣の上に瘴気が集まり、見たことがある生き物の形を取ろうとしているのだ。

細長い胴体をグルグルととぐろのように巻き、鋭い牙を二本持ち合わせた生き物。その独特の舌をチラつかせるような仕草は、蛇としか思えなかった。

正確には、瘴気を集束して巨大化を続ける蛇の魔物、だが。

「瘴気が集まると、実体化するの……？　魔物って、こうやって生まれ――」

絶望的な状況に追い込まれ、思っていたことを口にした瞬間、蛇の魔物の目が赤く色づき、ギロッと睨まれてしまう。

その瞬間、ハッと息を呑《の》んだリオンくんが、蛇の魔物に向けて結界石を投げつけた。

パリーンッ　パキパキパキッ

聖なる結界が魔法陣と共に蛇の魔物を包み込む。

蛇の魔物は動きを止めるものの、魔法陣から溢《あふ》れ出す瘴気が止まる様子はない。結界石が力負けしているのは、一目瞭然《いちもくりょうぜん》だった。

「結界石では長くもちそうにありません。今のうちに逃げましょう！」

リオンくんの言葉を聞き、ハッと我に返った私は、恐怖に負けないように全身に力を入れた。

今は逃げることだけを考えて、霧の中を全力疾走で駆け抜ける。

もう絶対に後ろは振り返らない。

魔物が追いかけてくる姿を見たとしても、逃げる以外に選択肢はないのだから。


リオンくんと一緒に全力で走り続けると、そこまで遠くに行っていなかったようで、すぐに霧を抜ける。

離れた場所でクレイン様と大勢の騎士たちが集まって話し合う姿を見て、大きな事件を起こしてしまったと反省した。

霧の中にいたのは短時間だったはずだけど、捜索するために増援部隊を呼んでくれたみたいだ。

明らかに騎士の数が増えている。

お父様の姿まで見えるから、後で怒られるかもしれないが……。

今は無事に戻ってこられたことを喜ぼう。

気づいてくださったクレイン様が駆け寄ってくる中、緊張感から解放された私とリオンくんは地面に座り込む。

「ミーア！　リオン！　無事だったか」

「ハアハア。リオンくんのおかげでなんとか助かりました」

「ハアハア。結界石を持ってきてよかったです」

異常事態だと察した騎士たちは、周囲の安全を確保するため、散り散りになって警戒する。

私は張り詰めた空気を肌で感じながらも、心強い騎士たちの背中と慣れ親しんだお父様やクレイン様の顔を見て、安堵していた。

「何があったんだ。騎士が霧の中を一時間も捜索しても見つからず、気が気でなかったぞ」

い、一時間!?　せいぜい十分程度では？　と思い、リオンくんの顔色をうかがう。

同じように驚いているので、霧の中と外では時間の流れが違うものだと悟った。

これほど大勢の騎士が捜索してくれていたのに、見つけられなかったということは、やっぱり普通の人は魔法陣の場所までたどり着けないに違いない。

とんでもない調査依頼になってしまったと、背筋がゾッとした。

「何から話せばいいのかわかりませんが……。結論だけ言ってしまうと、霧の中に魔法陣があって、そこから瘴気が出ていました」

「瘴気を生み出す魔法陣、だと？」

驚くクレイン様とは違い、お父様は無言で目を細めて険しい表情を浮かべた。

両者のまったく違う反応が気になりつつも、私は報告を継続する。

「魔法陣を中心に霧も瘴気も濃くなっていたみたいです。挙句の果てには、その瘴気が大きな蛇の魔物の形を取り始めて……」

「それでリオンが結界石を使ってくれた、というわけか」

「危機一髪でした。調査せずに逃げようと話していた矢先の出来事だったので」

本当はもっと言いたいことがある。ただ、この場所で報告を続けるのは危険だと思った。

その証拠に、周囲を警戒していた騎士たちがざわつき始めている。

「魔物が瘴気を発するんじゃなかったのか？」

「そんなこと知らねえよ。まだ魔物と瘴気の関係は解明されていないはずだぞ」

「だが、さっきからこの霧は変だぞ。ゆっくりと広がっているような気がするんだ」

地質調査でリオンくんが魔力に異変を感じていたし、この霧にヴァネッサさんのネックレスも反応していた。身体や時間に干渉するとなると、明らかにただごとではない。

そんな魔法陣が自然に発生したとは、考えにくいわけであって……。

現場の騎士に動揺が走る中、お父様が大きな咳払いをして、注目を集める。

「騎士団はただちに部隊を組み、霧の中を調査しろ。結界石で封じた魔物が出てくるやもしれぬ。

身の危険を感じた場合、迷わず安全圏まで退避しても構わん」

「はっ！」

我が父ながら、鬼教官と呼ばれているだけのことはある。指示を出した瞬間、騎士の顔つきが変わり、周囲に散っていった。

一方、そんな彼らとは違い、クレイン様は顎《あご》に手を当てて何かを考えている。

「瘴気を生み出す魔法陣、か。この霧がそれを隠すためのものだとしたら、高度な技術を用いている可能性があるな。騎士団の捜索で見つけられるといいんだが」

独り言のように呟《つぶや》くクレイン様を見て、リオンくんと二人で得た情報は大きいと思った。

瘴気を生み出すとはいえ、危険度の高い魔法陣という情報だけでは、魔装具に匹敵するほど脅威があると、普通は考えない。その認識の甘さから、対応が後手に回ってしまったら、とんでもない状況に陥る可能性がある。

「実は、他にもまだ話したいことが――」

「魔法陣を見つける必要はございません。騎士団が探しても見つけられなかった、その結果が重要なのです」

報告の続きをしようと思った瞬間、お父様に不穏な言葉で遮られてしまう。

何かを隠しているのは明白で、未知の魔法陣について、すでに見当がついているみたいだった。

「この件は、おそらく娘の勘違いだと処理されるでしょう」

お父様が何を言いたいのかわからず、私はリオンくんの方に顔を向けた。すると、僕も魔法陣を見ていますけど……と言いたげに、目をキョロキョロと泳がせている。

しかし、クレイン様は理解できたのか、目を細めて大きなため息をついた。

「踏み込んではならない裏の事情がある、ということか。ホープリル子爵が現場に戻ってきたのも、本当はそういう理由があったからだろう」

「初めに申し上げた通り、迅速に対応するために、老兵が現場に戻る必要があっただけのこと。確証を持っていたわけではございません」

「では、今は確証ができたということだな。国王陛下に詳しい状況を報告するためにも、その内容を聞かせてくれ。ホープリル子爵が現場を離れられるほど、好ましい状況ではないのだろう？」

これが大人の話し合いというものだろうか。二人は神妙な表情を浮かべたまま、互いに心の内を探り合っている。

そして、重い口を開くようにして、お父様は深いため息をついた。

「大きな声では言えませんが、過去の遺物、が原因かもしれません」

お父様の言葉に、私たちは互いに顔を見つめ合う。しかし、誰も知らないみたいで、キョトンッとしていた。

「過去の遺物？　聞いたことがないな」

「戦時中でも滅多に見られるものではありませんでした。宮廷錬金術師とはいえ、若いクレイン殿が知らなくても当然のことでしょうが……、今後はそういうわけにはいかないかもしれません」

「今回の事件は序の口にすぎない恐れもあるのか。厄介なことになりそうだな。それほど大きな問題になりかねないものを、なぜ隠しているんだ？」

「これ以上のことを口にするのは、禁じられておりますゆえに」

後のことは国王様に直接聞け、と言わんばかりに、お父様は口を固く閉ざしてしまった。

おそらく過去の遺物という言葉だけで、意味が伝わるような内容なんだろう。

魔物が繁殖した理由は謎を深めるばかりだが、この場で話し合いを続けても成果は得られそうになかった。

しかし、調査依頼は十分な成果があったと言える。

解決できていないという意味では、まだまだ本番はこれからなのかもしれないが。

「まだ調査の初日ではあるが、いったん王都に帰還して、国王陛下に現状を報告した方がよさそうだな。ミーアとリオンの話は、道中の馬車でゆっくり聞かせてもらおう。ひとまず、今日はゆっくりと体を休めてくれ」

「わかりました」

「わかりました」

何やら大きな出来事に巻き込まれようとしている、そう思わずにはいられなかった。


騎士団の野営地で一夜を過ごした翌朝、王都に戻る馬車に乗り込んだ私たちは、三人で話し合っていた。

霧の中で起こった出来事を包み隠さず伝えて、今後の対応策を取らなければならない。しかし、険しい表情を浮かべるクレイン様を見る限り、難航しそうな雰囲気があった。

「まさか時間すらも歪《ゆが》むほどの空間が作られていたとはな。大きな魔力が衝突した時に発生する自然現象に類似しているが、もっと周囲に影響を及ぼすはずだ。リオンの地質調査のデータを考慮しても……」

情報量が過多になってしまったのか、不可解な話に納得できないのかは、わからない。

ただ、持ち合わせている情報を整理するだけでは判断できないみたいで、クレイン様は眉間にシワを寄せて悩み続けている。

この国に魔装具を作れる人がいないことを考えると、とてもではないが、あの魔法陣が人の手で作れるとは思えない。しかし、王都の近くで起こる自然現象にしては、不可解な光景だった。

お父様の言葉から推測しても、何か理由があるのは間違いない。過去の遺物と呼んでいるのであれば、かなり根が深い問題なんだろう。

魔法陣の目撃者とはいえ、子爵令嬢の私や平民のリオンくんが必要以上に関わるべき問題ではないのかもしれない。

悩み続けるクレイン様には申し訳ないが、ひとまず今回の件はお任せしよう。

私は見習い錬金術師らしく、もっと錬金術のことを教えてもらうべきだ。

「リオンくん。昨日の結界石について、詳しく聞かせていただいてもよろしいですか？」

非常事態ゆえに自重していたが、私の錬金術師大好きセンサーは、結界石に強く反応している。瘴気の毒から身を守るだけでなく、結界を作れる錬金アイテムなんて、聞いたことがない。貴重なアイテムであれば、命を守ってもらったお礼がしたかった。

そのためには、まず情報がいる。決して、興味本位だけで聞き出したいわけではない。

貴族の名誉を守るためにも、錬金術に詳しくならなければならないのだ！

無理やり正当な理由を得た私が鼻息を荒くする中、馬車が動く音だけが聞こえる静かな車内で、リオンくんがポケットからお守り袋を取り出した。

逃げる時に使用してもらったこともあり、三つあった結界石が二つに減っている。

「結界石は、名前の通り結界を張ることができるアイテムです。持っているだけでも弱い魔法干渉を防いでくれたり、魔除《まよ》けの効果があったりと、破邪のネックレスに似た効果がありますね」

落ち着いた場所で改めて確認してみると、付与を施した特殊な宝石のように見える。とても精妙な付与がされているし、そんなに恩恵が大きいものであれば、貴重なアイテムである可能性が高かった。

宮廷錬金術師のクレイン様は持っていないみたいだし、リオンくんがあまり使いたくないとも言っていたから、かなり高価なものかもしれない。

しかし、その値段以上に気になるのは、結界石を見つめるリオンくんが、どことなく寂しそうな表情を浮かべていることだった。

「もしかして、大事なものでしたか？」

「えーっと……ヴァネッサ様が引退する時にくださったものです。僕にとっては、ちょっとしたお守り代わりのものですね」

「それは……思い入れのある品を使っていただいて、すみません」

「気にしないでください。あの場で使用していなければ、僕もミーアさんも命を落としていたはずですから。まだ二つ残っていますし、後悔はしていません」

苦笑いで説明してくれたリオンくんを見れば、大事にしていた思い出の品なのだとすぐにわかる。

私が霧の中に迷い込まなければ、結界石が減ることはなかった。でも、それだと魔法陣が見つけられなくて、かなり状況が悪化したと思う。

たった一つの結界石で大きな情報を得られたという意味では、小さな犠牲と言えるかもしれないが……。

なかなかそう簡単に割り切れるものではない。

破邪のネックレスのような装備品と違って、結界石は使えばなくなってしまう。きっとそれが寂しくもあり、怖くもあるんだろう。

ヴァネッサさんの錬金術師だった証《あかし》が消えて、もう戻ってこなくなるような気がするから。

申し訳ないことをしてしまったなーと思い、気まずい雰囲気に耐えかねていると、なぜかクレイン様が笑みを浮かべていた。

「どうやらヴァネッサから想《おも》いを託されたのは、ミーアだけではなかったみたいだな」

クレイン様の言葉の意味がわからなくて、私はリオンくんと顔を見合わせて、首を傾げる。

「ヴァネッサさんの想い？　結界石のことですか？」

「いや、違う。結界石を入れている袋をよく見てみろ。それは清めの護符と呼ばれているもので、ヴァネッサが魔装具を作るきっかけとなったものだ」

お守り袋に二人して顔を近づけ、一緒にそれを凝視した。

「そう言われてみると、僅かに魔力が流れていますね」

「僕にも感じますけど、これは本当にヴァネッサ様が作られたものでしょうか？　なんだか、ちょっと……」

難色を示すリオンくんが、うーん……と唸《うな》るのも、無理はない。精妙に作られた結界石やヴァネッサさんのネックレスとは違い、このお守り袋は拙《つたな》い魔力操作で付与された形跡があった。

普通に見比べたら、同じ人が作ったとは思えない。でも、真面目な一面もあるヴァネッサさんのことを考えると、彼女らしいなーとも思う。

「魔装具に関連するアイテムとして、初めて作製に成功した思い入れのある清めの護符を、リオンくんに手渡していたのかもしれませんね」

想いを受け継いでほしいリオンくんには、一番それがこもった品を渡したかったんだろう。

未練という負の想いが残るこのネックレスではなく、希望を見出《みいだ》した清めの護符を受け取ってもらいたかったのだ。

自由奔放に生きた自分を支えてくれた大切な弟子だからこそ、前を向いていてほしいという願いが込められていたのかもしれない。

「俺もミーアと同じことを思う。昔、魔装具に似た付与ができるようになったと、ヴァネッサに自慢された護符にそっくりだ。ヴァネッサが自分と同じ道を歩ませたかったのか、進むべき道を示したかったのかはわからないが、リオンが錬金術師として活動する限り、彼女は引退したことを後悔しないだろう」

「ヴァネッサ様……」

特別なお守りだったことを理解したリオンくんは、晴れやかな表情を浮かべている。

僅かに瞳を潤ませながら、両手で優しくお守りを包み込んでいた。

その光景を横目に、私はもう一つの気持ちが託されたネックレスを握り締める。

リオンくんにネックレスを渡さなかった理由は、ちゃんと別にあった。きっと私に未完成のネックレスを託したのは、錬金術師としての想いを受け継いでもらいたかったわけじゃない。

錬金術師としての未練がそうさせたんだと思う。

完成された魔装具が見たいという気持ちが抑えきれなかったんだ。

「ヴァネッサさん。本当はまだ、錬金術がやりたいのかな……」

不意に疑問を抱いたことを口にしてみるが、その答えは誰にもわからない。ネックレスが完成して、初めてヴァネッサさんの中で答えが出せるのかもしれない。

ただ、そこまで導いてあげられるのは、未練を受け取った私にしかできないことだ。

いつもなら、見習い錬金術師の私になんて……と、一歩引いていただろう。でも、今回はそういう気持ちを抱かなかった。

以前に聞いたオババ様とリオンくんの言葉を思い出す限り、本当に私がヴァネッサさんの未練を晴らせる方法を持ち合わせている可能性がある。

『いいかい？　神聖錬金術は、物質の性能を極限まで引き出す錬金術だ』

『錬金術の世界では、魔法の力を最大限まで引き出すと認められた装備を、魔装具と呼んでます』

どれだけ体に負荷がかかるかわからないけど、きっとその方法の鍵となるのは——。

魔装具の手掛かりにたどり着いた私は、ヴァネッサさんから受け取った想いを、ちゃんと形にしようと心に誓う。

錬金術に誠実な彼女は、もう一度、この道を歩みたいと思っている気がしたから。

魔装具と魔法陣のことに頭を悩ませながら、馬車で進むこと二日。

王都に到着した私たちは、疲れきった体にムチを打ち、すぐに国王様の元へ報告に向かった。

本来なら、謁見《えっけん》を申請してすぐにお会いできるような方ではない。でも、今回は国王様が直接依頼されたことであり、調査を中断して帰還するほどの異常事態でもあったため、すんなりと許可が下りている。

少しくらいは休みたいんだけどなーと思いつつ、三人で謁見の間へ足を運ぼうとすると——。

「今日はそっちじゃないぞ。こっちだ」

「えっ?」

「えっ?」

なぜかクレイン様は謁見の間ではなく、別の方向を指で差していた。

なんだか嫌な予感がして、リオンくんと二人でコソコソと話し合う。

「普通は謁見の間で報告しますよね」

「た、たた、たぶん」

「あれ? 緊張されてます?」

「当然ですよ。国王様と顔を合わせる機会なんて、滅多にありませんから」

「王城で仕事をしていても、国王様はたまにお姿を見かける程度ですもんね。私も国王様に謁見を申し出る日が訪れるとは、考えたこともありませんでした」

貴族である私でさえ、国王様と直接お話しさせていただいたことはない。

力の腕輪の試験会で調査依頼を出された時も、国王様とクレイン様が会話される姿を見守っていただけだった。

しかし、今回は魔法陣の第一発見者として、発言する機会も出てくるだろう。国王様に失礼のないように、気を引き締めなければならなかった。

ましてや、謁見の申請が通ったとはいえ、わざわざ別の場所で報告するようなイレギュラーな状況なのだから、なおさらのこと。

王族たちが食事しているところで報告するのか、宰相様や各大臣様たちが待つ会議室にお邪魔するのか、それとも、盗聴されにくい応接室で話し合うのか……。

これからのことを考えると、私もリオンくんと同様に緊張してしまう。

「い、いったん落ち着きましょうか。こういう時は深呼吸した方がいいと思います」

「そ、そうですよね。このままお会いするわけにはいきませんよね」

意見が一致した私たちは、深呼吸をして心を落ち着かせようと試みる。

しかし、そんな気持ちがわからないクレイン様は、一人でスタスタと歩いていった。

「お前たちは何をやっているんだ、早く来い。置いていくぞ」

「ちょ、ちょっと待ってください。私たちには心の準備というものが必要なんです」

「そ、そ、そうですよ。ま、まま、ま、待ってください」

動揺を隠せない私とリオンくんは、先に進むクレイン様の元に走りだす。

こんな場所に置いていくのは、本当にやめていただきたい。私も貴族である以上、国王様の前で恥をかくようなことは避けたいんですからね。

頭の中が焦りで埋め尽くされながらも、しばらく歩いていると、騎士が警備する一つの部屋にたどり着いた。

なんの迷いもなくノックするクレイン様を前にして、心臓が爆発しそうなほど大きな鼓動を感じてしまう。

謁見の間や会議室などと雰囲気が異なるため、この部屋は、国王様の私室、なのかもしれない。

まさか宮廷錬金術師の助手になっただけで、ここまで国王様と深い関わりが生まれるとは思わなかった。

それだけ国王様の信頼をクレイン様が得ている証《あかし》だと思うから、その期待を裏切らないように頑張らないと……！

状況を理解した私が心を決めると同時に、堂々とした立ち居振る舞いでクレイン様が入室した。

非礼のないように身だしなみを整えた後、私とリオンくんも部屋の中に足を踏み入れる。

「失礼いたします」

「し、失礼します」

ぎこちない動きのリオンくんを置いていかないように、ゆっくりとした足取りで歩き進めると、中央に配置された高級そうな机と椅子にリラックスした様子の国王様が座っていた。

一礼したクレイン様が向かいの椅子に腰を下ろすが、助手の私たちが同じように振る舞うわけにはいかない。

たとえ非公式の場であったとしても、最低限の礼儀を守るべきだと思い、リオンくんと共にクレイン様の後ろに立つことにした。

「楽にして構わぬぞ。私室ゆえに、周りの目や礼儀作法を気にする必要はあるまい」

「お気遣いいただきありがとうございます。ですが、助手である私たちが、宮廷錬金術師のクレイン様と同じ扱いを受けるわけにはいきません」

「宮廷錬金術師の制度は国が主導しているがゆえ、真面目な者が助手に就くのは好ましいことなのだが……。融通の利かぬところは、父君から受け継いでほしくないと思っておるぞ？」

国王様が苦笑いを浮かべた姿を見て、私は走馬灯のようにクレイン様とお父様のやり取りを思い出す。

娘の前だからと気遣ってくださったクレイン様に対し、お父様は断固として受け入れなかった。

現場には気まずい雰囲気が漂い、空気が重いと感じていただけに、お父様が臨機応変に対応してくれたらよかったと思っていたけど……。

まさか私も同じことをやっているのだろうか。いや、そんなはずは……。

疑問を抱いて周囲の反応を確認すると、振り向いたクレイン様がなんとも言えない表情をしているだけでなく、緊張しすぎたリオンくんが呼吸しているのかわからないくらい背筋を伸ばして立っていた。

平民のリオンくんに対して、貴族と同じ礼儀を求めるのは、間違っているのかもしれない。

国王様が私室に呼んでくださった理由が、ゆったりとした雰囲気で話し合いたいというものであったなら、礼儀を崩すこともまた、礼儀ということなんだろう。

「今回の謁見につきましては、お言葉に甘えさせていただこうと思います」

「うむ、それでよい。貴族としては間違っておらぬが、あれと同じ者が二人もいると思うと、こちらの肩が凝ってしまうのでな」

今後はこういった対応にも慣れていかないと……と思いつつ、私は一礼してクレイン様の隣に腰を掛ける。

リオンくんが戸惑っているので、隣の席の椅子を引いてあげて、彼を座る場所へ誘導した。

まだ緊張が続くリオンくんがぎこちない動きで腰を下ろすと同時に、コンコンッと扉がノックされる。

国王様が返事をすると、部屋の中に宮廷錬金術師のゼグルス様が入ってきた。

「お呼びと聞きましたが」

「ゼグルスにも話を聞いてもらいたい。参加せよ」

「……わかりました」

わざわざクレイン様と離れた席を選んだゼグルス様は、リオンくんの正面に腰を下ろす。すると、国王様の表情が仕事モードに切り替わった。

その瞬間、私室とは思えないほど場が引き締まる。

「クレインよ。魔物が繁殖した原因の調査はどうであった？」

素直に報告するべきか迷ったであろうクレイン様は、ゼグルス様の方をチラッと確認した。

しかし、国王様が同席させた以上、退席するように促すこともできない。僅《わず》かに言葉を詰まらせつつも、国王様と向き合う。

「詳しい説明はできかねますが、瘴気《しょうき》を放つ魔法陣が魔物を生み出していた模様です。ホープリル子爵が言うには、過去の遺物である、と」

「やはりそうであったか……。悪い予感ほど当たるものだ」

すべては予想通りだったみたいで、国王様は大きなため息をついた。

「過去の遺物……。古代錬金術、か」

まったく予想だにしない言葉を耳にして、私はクレイン様と顔を見合わせる。

神聖錬金術ではなく、古代錬金術？　いったいどういうことなんだろうか……。

国王様に礼儀作法を気にしなくてもいいと言われた私は、古代錬金術という聞き慣れない言葉について、遠慮なく問いかけてみることにした。

「初めて耳にする言葉なのですが、古代錬金術とはなんでしょうか」

「遥《はる》か昔に滅びた国が作り上げた、禁じられた錬金術のことだ。世界に瘴気と魔物を生み出し、凶悪な魔物が大地を支配した混沌《こんとん》の時代を作ったと語られておる」

「錬金術で、瘴気と魔物を生み出す……？」

現実離れした内容に疑問を抱いてしまうが、国王様の言葉を疑う余地はない。

魔法陣が瘴気を生み出し、魔物の形を作り始めたところを、私は実際に見ているのだから。

「人が魔物を生み出した以上、対抗する術《すべ》も人が作るしかない。そうして作り上げられたものが、お主たちもよく知る魔装具だ。すでに機能は失われてしまったが、実際に太古の大戦で使用された特殊なものを、各国が神器として祀《まつ》っておる」

神妙な面持ちで話す国王様を前にして、あの威圧的な態度を取るゼグルス様でさえ、言葉を失っていた。

当然、魔装具に憧れを抱くリオンくんも、驚愕《きょうがく》の表情で聞き入っている。

「話だけ聞くと、現代の錬金術とは別物ですね」

「古代錬金術とは、素材に秘められた力を暴走させ、破滅に導くと言われたものだ。今とは考え方が異なるため、錬金術の性質も違うのであろう」

「そんな恐ろしい錬金術が存在していたなんて、まったく知りませんでした。クレイン様もご存じないんですよね？」

「無論だ。おそらく普通に生活している限り、知り得ないことなんだろう」

一応、リオンくんにも知っているか確認してみると、無言のまま首を横に振っている。

「クレインの言う通りだ。この国が建国する以前の話であり、世間一般的には語られぬ歴史になる。知らなくても無理はない。むしろ、次の世代には知らぬまま過ごしてもらいたかったのだが、なかなかそううまくはいかぬようだ」

「再び古代錬金術を使う者が現れたかもしれない、ということですか？」

「無論、その可能性もゼロではない。だが、過去数百年はそのような者は現れていないと言われておる。どちらかといえば、古代錬金術を施した未使用のアイテムを発掘して、悪用した可能性が極めて高い」

「だから、過去の遺物と呼んでいるんですね」

「正式には、アーティファクトと呼ばれているものだ。本来はすぐに封印するべきものなのだが、残念なことに戦争の兵器として使う国もある」

お父様が古代錬金術を知っていたのも、オババ様が戦争に駆り出されていたのも、こういった裏の事情が存在したからか。

この時期に力の腕輪の試験会を行っていたのも、古代錬金術の対抗手段の一つとして、見極めようとしていたのかもしれない。

いろいろな出来事が一本の線で繋《つな》がり始めると、険しい表情になったゼグルス様が、クレイン様を睨《にら》みつけた。

「フンッ、魔法陣くらい破壊してくればいいものを」

相変わらず喧嘩腰《けんかごし》だが、ゼグルス様は軽はずみな発言で挑発しているわけではないだろう。

以前、クレイン様の錬金術の腕を認めていると言っていたから、魔法陣を壊さずに帰還したことに疑問を抱いているに違いない。

決して悪い人ではないと知った今となっては、私は徐々にゼグルス様の本音を察することができるようになってきていた。

きっと、宮廷錬金術師のクレインでも破壊できないほどのものなのか、という質問がしたいだけである。

「空間に干渉するほどの魔法陣だったんだぞ。無闇に手を出す方が危険だろう」

しかし、純粋に嫌味を言われていると受け取ったクレイン様は、彼の言葉の本質に気づかない。

「それで怯《おび》えて帰ってきたということか。トンチンカンどもの考えそうなことだ」

「調査依頼である以上、情報を持ち帰ることに意味がある。状況を把握するためにも、帰還する選択は最善だったはずだ」

「戯言《たわごと》を。もっと国に貢献する気持ちはないものか」

「じゃあ、俺たちの代わりに魔法陣を破壊して、国に貢献してくれ」

「残念ながら、俺にはやるべきことがある。お前たちほど暇ではない」

無事に帰ってこられてよかったな、と素直に言えないゼグルス様と、言葉の意味をそのまま解釈するクレイン様は、バチバチと火花を散らしている。

思わず、仲裁しようとリオンくんがアタフタするが、簡単に止められそうになかった。

そもそも、喧嘩を仲裁するのは、助手の役目だろうか。二人ともいい大人なんだから、ここは見守るべきかもしれない。

でも、国王様の前で空気を悪くするのはいただけないな——……と思っていると、ウオッホン！と、国王様が大きな咳払《せきばら》いで場を鎮めてくれた。

「古代錬金術を侮るべきではない。今はいがみ合う暇などないはずだぞ」

さすが国王様。おっしゃる通りである。

もっと場をわきまえるべきだし、助手の私が主導して国王様と話を進めているのは、絶対におかしい。魔法陣の第一発見者とはいえ、こんな場所でも師弟関係を逆転させないでほしかった。

不貞腐《ふてくさ》れる二人の宮廷錬金術師を置いておき、何か言いたげな国王様と真剣な顔で向き合う。

「今回の件については、引き続きお前たちに協力を頼みたい」

「世間に公表できない内容みたいですし、引き受けた依頼は最後まで全うしたいと考えております。しかし、どのような形で協力すればいいんでしょうか」

「古代錬金術を抑える方法は限られておる。すでに対抗手段を持つ者に声をかけているが、なかなか癖の強い者ばかりでな……」

そんなすごい人がいるんだなー、と他人事《ひとごと》みたいに思っていると、突然、バーンッ！　と、ものすごい勢いで扉が開く。

なんと、顔を真っ赤にして怒るオババ様が乱入してきたのだ！

「一国の王がこんなちんけな草餅を送ってくるんじゃないよ！」

部屋の前で警備していた騎士が呆然《ぼうぜん》とする中、国王様の私室にズカズカと入り込んできたオババ様は、机の上に草餅の入った箱をパーンッ！　と叩《たた》きつけた。

草餅の箱を見ると、王都でも有名なお菓子屋さんのものだと推測できる。

しかし、あの店は材料の仕入れ先を変えたばかりで、餡《あん》の味が落ちていたはずだ。

甘いものが大好きなオババ様は、それがどうしても許せなかったのかもしれないが……。相手は国王様ですからね!? そんな失礼な行動を取ったら、怒られるどころの騒ぎじゃ……あれ? 国王様が怒って、いない?

「いいタイミングで来てくれたな。バーバリルよ」

「馬鹿を言うんじゃないよ、まったく。こっちは文句を言いに来ただけさ。古代錬金術を用いた事件に巻き込まれるなんて、まっぴらごめんだね!」

絶対に話を聞いていたじゃないですか、と突っ込みを入れたいが、それどころじゃない。

国王様がおっしゃっていた『古代錬金術に対抗する手段を持つ癖の強い人物』が、モヤモヤしたイメージだったはずなのに、急に察することができてしまう。

国王様が機嫌取りに草餅を送り、私室にまで堂々と入ってこられるのであれば、間違いない。

古代錬金術を止める方法を知る癖の強い人物の一人は、まさかのオババ様だったのだ。

思わず「いろいろな意味でややこしい話し合いになってきたな……」と、ぼやき始めるクレイン様に共感してしまう。

何も見なかったかのように、部屋の扉をゆっくりと閉める騎士の気持ちも理解できた。

なんといっても、威圧的な言動を繰り返すゼグルス様と、ツンデレのオババ様というややこしい二人が同席してしまっているのだから。

下手に口を挟めば、二人から罵詈雑言《ばりぞうごん》を浴びせられかねない。私は沈黙が金だと悟った。

「錬金術師バーバリルよ。話を聞いてもらいたい」

しかし、古代錬金術を防ぎたい国王様は勇敢にも切り込む。

「老いぼれを錬金術師の枠に当てはめるのはやめておきな。バーバリルの力を借りぬ限り、この国が滅びかねん」

「心中は察するが、事態は急を要する。あんたの話は面白くないいんだよ」

「そんなことは知らないねえ。あんたの話は面白くないんだよ」

話を聞くこっちの背筋が伸びるほど、オババ様は国王様に対して高圧的な態度を示している。

相手が誰であろうと対応が変わらない、と言えば聞こえはいいが、少しくらいは相手のことを考えてほしい。

ただ、国王様もオババ様がどんな人かよく知っているみたいで、気にした様子は見せなかった。

「再び古代錬金術の魔の手が忍び寄っておるのだ。どれほどの脅威であるか、バーバリルもよく理解しておるであろう」

「無理なもんは無理だね。この年齢で無茶をすれば、先に命が持っていかれちまうよ」

「其方《そなた》に作れとは言っておらん。せめて、対抗策だけでも教えてくれ。頼む、この通りだ」

どんなことをしてでもオババ様を味方に引き入れたいみたいで、国王様は深く頭を下げた。

こんな状況になるなんて、いったい誰が予想しただろうか。

部屋の空気が凍りつき、時間が止まったかのように誰も動けなくなってしまう。

古代錬金術のことを聞かされたばかりの私たちは、まだその脅威をうまく把握できていない。しかし、想像するよりも遥かに危険なもので、直ちに対処しなければならないものだと察した。

そのこともあって、誰もがゆっくりとオババ様の顔色を確認する。

「カァァッ！　情に訴えかけるなんて、しょうもない国王になっちまったもんだねえ、まったく。そこまでして止めたいなら、この子にやらせてみな」

さすがのオババ様でも、国王様に頭を下げられたら、断ることなんてできないみたいだ。

憎まれ口を叩きながらも、打開策を――。

ポンッ

突然、私の肩に何か温かいものが乗り、一瞬で思考が停止した。

やけにみんなと視線が合うのは、気のせいだろうか。

全身から変な汗が噴き出てくると同時に、絶対に何かの間違いであってほしい、という気持ちも湧き出てくる。

思わず、ギギギッと錆《さ》びついた扉のように首を動かし、肩に乗っているものを確認した。

「オババ様、私の肩に虫でもいましたか？」

「イーッヒッヒッヒ。あんたも面白いことを言えるようになったじゃないか」

「ありがとうございます。じゃあ、今日はこの辺でお暇《いとま》しますね」

「忙《せわ》しないねえ。普通はもっとゆっくりしていくもんさ。さっ、古代錬金術に対抗する魔装具の話でもしてあげようか」

ニコッと笑うオババ様を見て、私は心の中で絶叫する。

ええええっ!!　どうして二人の宮廷錬金術師を差し置いて、見習い錬金術師の私が選ばれたんですかー!?　確実に人選ミスだと思うんですけどー!!

「オババ様も知っていますよね？　私が付与スキルを勉強し始めたばかりということを」

「常識に囚《とら》われていては、良い魔装具なんて作れやしないよ。今回みたいなケースなら、破魔の矢で射貫くしかないねえ」

「さりげなく魔装具の話を進めないください。クレイン様も何か言ってくださいよ」

国王様が頭を下げるほどの異常事態なのに、まさか私に火の粉が飛んでくるとは思わなかった。

ここはなんだかんだで、いつも気にかけてくださるクレイン様にお願いすれば、きっと――。

「ミーア、残念な知らせがある。オババは宮廷錬金術師の最高責任者であり、ありとあらゆる権限を持つ。ハッキリ言って、拒否権はない」

な、んだと……!?　お、オババ様が、宮廷錬金術師の最高責任者ッ!?

さすがに冗談ですよね。冗談だって言ってくださいよ、オババ様ッ!!

「ありとあらゆるといえば、破魔の矢はありとあらゆる魔法を破壊する効果があるねえ」

さりげなく破魔の矢の情報を流してこないでください！

動揺を隠せない私は、リオンくんの肩をガッとつかみ、必死の形相で助けを求める。

「魔装具を研究しているリオンくんならわかりますよね？　ようやく付与が使えるようになった私

には、絶対に無理だって」

「えーっと、ごめんなさい！　バーバリル様がおっしゃるなら、止められないかなって……」

「おやおや。止められないといえば、古代錬金術で起動した魔法陣は、破壊しない限り止められないねえ。破魔の矢以外の方法だと、もっと厳しいことになるかもしれないよ」

今度は古代錬金術の情報をさりげなく流してこないでくださいよ。しかも、妥協した結果が魔装具だったなんて、一番知りたくなかった情報ですから。

はぁ～、いったいどうしてこうなってしまったんだろうか……と頭を抱え込んだ時、一筋の希望の光が目に映る。

誰よりも正義感が強く、現実を見据え、この国を変えるために功績を欲する人物、ゼグルス様の瞳が燃えているのだ。

魔装具に限りなく近いものを作るヴァネッサさんと交流があり、力の腕輪を研究するリオンくんが師事する宮廷錬金術師。その付与の腕前は、現役の錬金術師の中でも最高峰と聞く。

よって、自信に満ち溢《あふ》れたゼグルス様は、堂々とした態度でオババ様と向き合っていた。

「この中で付与に精通しているのは、うちの工房だ。バーバリル様の意見とはいえ、破魔の矢の製作は、俺が中心になって――」

「あんたは黙って今の仕事をやりな。結界の一つや二つをパパッと調整してから文句を言うべきだね。大勢の助手がいて、いつまで時間がかかってるんだい、まったく」

「……」

ぐうの音も出ないゼグルス様は、一瞬で言い負かされてしまう。

もはや、オババ様が聞く耳を持つ様子はなく、彼女を止められる人はいなかった。

さすがにそのことを国王様も察したのか、考え込むように腕を組み、眉間にシワを寄せる。

「うーむ、やむを得まい。此度《こたび》の件が片づくまで、ミーア・ホープリルに特別依頼を出そう。破魔の矢を製作し、魔法陣の破壊に尽力してほしい」

「こ、国王様……？　大変失礼ながら、自暴自棄になられていませんか？」

「バーバリルの対抗策を否定して、敵対したくはない。だが、あくまで対抗策の一つであることを忘れるな。他にも対抗手段を持つ者に声をかけておる」

「そ、そうでしたね……！　私は全力でそちらに期待します！」

「……。バーバリルが認めている以上、可能であるなら——」

「ちょっと待ってください！　国王様、期待されていませんか？　期待していませんよね!?」

思わず、国王様に詰め寄ってしまうが、これは私が悪いわけではないと思う。

できなくても問題はないみたいな雰囲気を出した後、やっぱりやらせようとした国王様に非がある……はず。

一番の原因を作ったのはオババ様なので、そんなことは口が裂けても言えないけど。

「それじゃあ、後は頑張るこったね」

「ま、待ってください。せめて、作り方だけでも教えてください」

「自分の胸に手を当てて聞いてみな。作れるかどうかは、あんた次第だよ。イーッヒッヒッヒ」

相変わらず大事なところは教えてくれない、と思いつつも、国王様がオババ様との敵対を拒む以上、強く問いただすことはできない。

特別依頼を押しつけられた私は、そのまま満足げに帰るオババ様の背中を見送ることしかできないのであった。

ヴァネッサさんの未練

国王様に破魔の矢の製作を依頼された私は、王城の図書館へ行って、まずは情報を集めることにした。

魔装具のことが記載された書物はたくさんあるけど、その内容はバラバラで、どれも信憑性《しんぴょうせい》が低い。製作に用いた材料だけでなく、形状や大きさまで違うため、とても同じものについて書かれているとは思えなかった。

年代も性別も経歴も違う錬金術師たちが、自身の知識と技術を集めて作り上げた結果なのだから、仕方ないことかもしれない。

「参考にならないことはないいんだけど……。うーん、やっぱり内容が難しいなあ。読みながら考えるのはいったんやめて、まずは情報を集めることに専念しよう」

古くて読めない部分もあるので、破魔の矢に関連する情報だけ抜粋して、メモを取り続けていく。

しかし、そのまま日が暮れるまで調べても、怪しい情報が得られるだけで、信憑性の高いものは見つからなかった。

それらの情報の唯一の共通点は、聖属性の魔法が付与された矢、ということだけ。錬金術の幅広い知識があれば、情報を取捨選択できる可能性はあるけど、私にはできなかった。

一人で無理をするのもよくないので、後はこれらの情報をクレイン様の元に持ち帰って、判断を仰ぐとしよう。


翌朝。破魔の矢の僅《わず》かな情報を傍《かたわ》らに、私は工房の作業台に向き合っていた。

まだ付与スキルを学び始めたばかりなので、魔導具づくりに挑戦したこともなければ、形成スキルを使った経験も少ない。一人で作業するのも困難なため、リオンくんに補佐してもらいながら、手探りで製作を進めている。

本当に作れるんだろうか……と思っているけど、今は自分を信じて作業するしかない。いや、絶対に作るという強い想《おも》いを持ち、果敢に立ち向かうべきだ。

形成と付与のスキルを用いた私は、見習い錬金術師として持ちうる限りの力を尽くして、一つの錬金アイテムを作り出す。

魔鉱石を矢の形状に変えて、聖なる魔石と光の魔石で魔法の力を与えたもの。

破魔の矢を意識して作られたその矢は、僅かに白い輝きを放ち、闇を打ち抜きそうなものだった……!

「ついにできましたね。これが破魔の矢かもしれません」

「いえ、それは聖なる矢です。アンデッド系の魔物に効果的なもので、Eランクアイテムになりますね」

晴れやかな笑みを浮かべるリオンくんに、あっさりと否定されてしまう。

悲しいかな、これが見習い錬金術師の現実であった。

オババ様に認められたり、国王様に期待されたりしただけで、魔装具が作れるはずがない。そんな簡単に作れてしまったら、もっと市場に流通しているだろう。

でも、ちょっとくらいは夢を見させてほしい。私だって、人並み程度にはプレッシャーを感じているんだから。

「聖なる矢と判定されたのは、これで五本目ですね。一応、それぞれ少しずつ魔力の流れを変えて付与しているつもりなんですけど」

「その成果もあって、品質に差が出ていますね。だって、ほらっ！　今のが一番良い聖なる矢でしたよ！」

「……ありがとうございます！」

純粋無垢《むく》なリオンくんにおだてられると、拗《す》ねることもできない。自分が頑張って作ったものを褒められるのは、素直に嬉《うれ》しかった。

こうして付与スキルを覚えたばかりの私に、リオンくんが付きっきりで教えてくれていることもあって、なんだかんだで作業は楽しくできている。

もちろん、師弟関係であるクレイン様も魔装具の製作に協力的だ。

破魔の矢の素材の調査を二つ返事で引き受けてくれただけでなく、錬金術のアドバイスもしてくれている。

「ミーアには、圧倒的に付与の経験が足りていない。試行錯誤するのもいいが、あまり深く考えずに、まずは付与作業を繰り返すのも一つの手だな」

「わかりました、反復練習ですね。では、ひとまず魔力が切れるまでの間は、一心不乱に作り続けたいと思います！」

クレイン様に背中を押された私は、本能の赴くままに錬金術を使い続けることにした。

本来であれば、ちゃんと考えて作らなければ、目的のアイテムは作れない。手当たり次第に錬金術を使うなんて、愚の骨頂である。

しかし、今回は素材から作り方まで何もかもわからない伝説級のアイテム、魔装具を製作していくのだ。

頭を使って考え続けるより、付与の経験を積んだ方が可能性は広がる。まずは魔装具を製作する糸口をつかまなければならなかった。

仮に神聖錬金術を使うにしても、魔装具の作り方がわからないと、体に大きな負担をかけるだけだから。

そんな呑気《のんき》な気持ちでいられるのは、少数で工房を運営していて、温かい雰囲気に包まれている影響だろう。

うまくいかなかったり、失敗したりしても怒る人はいなかった。

「オババが期待する気持ちもわからなくはないが、無理する必要はない。諦めることも選択肢の一つに入れておけ」

「僕も同意見です。すぐにでも魔装具を開発しなければいけないなんて、宮廷錬金術師でもお手上げの無理難題ですよ」

二人が味方でいてくれるのは、本当にありがたい。でも、そんな二人に見放された結果、魔装具の製作依頼を受けざるをえなくなったという現実もある。

疑うわけじゃないけど、ここはよーく確認しておかないと。

「国王様に依頼の失敗を報告する時は、同行してくださいますか？」

「構わない。国王陛下も、理不尽な依頼を出したと、心のどこかで引っかかっているはずだ。諦めたとしても、無下に扱われることはないと思うぞ」

真面目な顔で言ってくださるので、どうやら本当にちゃんと付き合ってくれるみたいだ。

弟子の失敗を師がフォローしてくれるというのは、とても師弟関係っぽい。自分で思っている以上にプレッシャーを感じているのか、こんな些細《ささい》なことを嬉しく思ってしまう。

……本当に師弟関係が正しく築けていたら、助手が魔装具を作るなんて展開にはならないと思うけど。

「ひとまず挑戦してみます。オババ様の顔を立てた方がいいと思いますし、やってみたい気持ちはありますので」

「ああ。無理はするなよ」

作業台に向かい、魔鉱石を手に取った私は、形成領域を展開した。

今回の件に関しては、見習い錬金術師の私が背負い込むような問題ではない。国の地盤を揺るがすほどの非常事態だと考えれば、もっと責任の取れる人が挑戦するべきだろう。

それだけに、国を助けようなどと大それたことは考えなくてもいい。魔装具づくりを任せてくれたオババ様や、その作業に協力してくれるクレイン様やリオンくんのように、心から応援してくれる人たちのために頑張ろう。

「ミーアの気の済むまで挑戦するといい。ＥＸポーションの件がある以上、製作できる可能性はゼロではないと思っている」

「僕もできる限りお手伝いします。一緒に頑張りましょう！」

「わかりました。よろしくお願いします」

魔装具を作るための手掛かりを探るべく、私は付与と形成を駆使して、破魔の矢の製作を試みるのだった。


クレイン様のアドバイスもあり、本能の赴くままに付与していると、私は錬金術の奥深さにどんどんと心惹《ひ》かれていった。

魔鉱石を形成して矢を作製して、聖なる魔石で付与を施すだけなのに、その形状が変わると魔力の流れ方も変わり、まったく別のものが出来上がってしまう。

今までポーションや聖水といった形を持たないものを作り続けることが多かった私には、新しい発見だった。

特に覚えたばかりの付与スキルは、魔力というエネルギー体を扱うこともあって、調整が難しい。素材ごとに浸透できる魔力量が決まっているみたいで、それを限界まで付与すれば良質なものができる……などという単純なものではなかった。

素材と形状を考慮して、最も適切な素材を選び、質の良い魔力をほどよく付与する必要がある。

こうして錬金術を行うだけでも、まだまだ多くのことを学べると実感した。

そんなことを考えながら付与していると、最も魔力の流れが安定していて、聖属性に特化した矢が完成する。

「これは、聖なる矢と違いますよね？」

「聖光の矢ですね。浄化能力が高まる代わりに、矢の扱いが難しくなり、命中率が下がります」

「やっぱり別のアイテムになっていましたか。同じ素材を使っているのに、実際に違うものができると、錬金術の奥深さを感じます。魔装具を目標にしていることを考えたら、まだまだ先は遠く感じますが」

「焦る必要はありませんよ。Dランクアイテムに分類される聖光の矢は、作り慣れていないと失敗される方が多いです。それが手探り状態の中で作れているんですから、ミーアさんの錬金術は飛躍的に成長していると思いますね」

リオンくんが屈託のない笑顔で褒めてくれるため、自然と自己肯定感が高まり、前向きな気持ちで魔装具づくりに挑むことができている。

宮廷錬金術師の助手は、褒めて伸ばしてくれるのが一般的なんだろうか。

とても心地よく仕事ができるので、今度から私もクレイン様を褒め称《たた》えてサポートするのがいいかもしれない。

……あっ、ダメだ。クレイン様は照れ屋さんだった。集中力が乱れて逆効果になりそうだから、この方法はやめておこう。


褒められて機嫌を良くした私は、リオンくんの言葉を信じて錬金術を続けるものの、聖なる矢と聖光の矢がどんどんと量産されていくばかり。

このまま作り続けるだけでは、経験値は得られても、魔装具の手掛かりを見つけられそうにはなかった。

「ふぁ～……。魔力操作が乱れてきましたので、そろそろ休憩しましょうか」

「わかりました。さすがにミーアさんでも、これほど製作すれば疲れるんですね」

「作りたい気持ちはありますけど、あまり身が入りませんね。目的と違うものができるというのは、ストレスがかかりますから。せめて、作るべき魔装具の見本品があれば、もっと前向きに頑張れると思いますが……」

「魔装具の研究で一番悩ましいのは、その部分です。進むべき道がわからなくて、心が迷子になりやすいんですよね」

たった数時間の作業で気落ちする私と違い、力の腕輪を作り続けるリオンくんが言うと、言葉に重みがある。

絶対に魔装具を作る、という強い想いがなければ、この作業を続けることはできないから。

こうして先の見えない魔装具づくりに挑む時間が増えるほど、彼を尊敬する気持ちが強くなっていった。

なんといっても、私の作った聖なる矢と聖光の矢を見比べて、分析までしてくれているのだ。

体を壊さないように休んでほしい気持ちがある反面、魔装具づくりのヒントを得ようとする彼の想いが伝わってくるため、止めることはできない。

難しい顔で一本一本確認するリオンくんが、魔装具に情熱を注いでいるのは、一目瞭然《いちもくりょうぜん》だった。

今は私も、魔装具を作るという彼の夢を背負っているんだから、もう少し頑張ってみよう。

「何か手掛かりはつかめそうですか？」

「破魔の矢についてはわかりません。ですが、ミーアさんの錬金術を観察していると、とても大きな違和感を覚えるんです」

「違和感、ですか。製作したそれぞれの矢を比較する限り、特に変わった点は見られないと思いますけど」

「それがおかしいんですよ。意図的に形成や付与の仕方を変えられているはずなのに、品質に大きなムラが存在しないんです」

リオンくんは詳しく説明するように、今まで作った聖なる矢を一本ずつ並べていく。

「改めて出来上がった矢を確認してみても、必ず一定以上の品質で仕上がっていますよね。普通はもっと粗悪品や失敗作ができるはずなんですよ。ここまで順調に進むなんて、僕の経験では考えられません」

確かに、私みたいな見習い錬金術師であれば、リオンくんが補佐してくれているといっても、普通はもっと失敗するだろう。

初めて矢づくりに挑戦しているが、これまで使い物にならないようなものはできていなかった。

このことが、彼にとっては不思議なことなのかもしれないけど……。

付与スキルのコツをつかむまで、何度も魔力水と聖なる魔石を調合してしまった苦い記憶がある私は、良い傾向だと思っていた。

「あっ！　もしかしたら、騎士団の訓練用の兜《かぶと》で形成スキルの特訓をしていたので、その成果が表れたのかもしれません。矢を作り続けていることもあって、以前より形成領域も安定して、扱いやすくなった気もします」

「それもあると思いますが……。浄化ポーションの時と同じように、ミーアさんは疲労が溜《た》まっても、品質が安定しやすいんですよね。体内の魔力量が少なくなっても影響が出にくいのであれば、魔力操作の問題かもしれません。高品質の魔装具を作るためには、基礎的な能力が重要なのかも……」

悩み始めてしまったリオンくんは、ブツブツと呟《つぶや》き始める。でも、そんな彼の気持ちがわからなくもなかった。

改めてヴァネッサさんが作ったネックレスを見れば、どれほど魔力を巧みに操っていたのか、痛いほどにわかってしまうから。

決して見習い錬金術師の私に託すものではない、そう思うには十分だった。

「本当に私にできるのかなー。こんなにも魔力が綺麗《きれい》に絡み合っていて、均一に張り巡らされているのに、魔装具じゃないなんて。これ以上のものを求められても……」

ネックレスを覆う魔力があまりにも綺麗だったので、それに心を奪われていると、リオンくんが驚愕《きょうがく》の表情を向けてくる。

「もしかして、ミーアさんは魔力路がわかるんですか？」

「……。えーっと、魔力路、とはなんですか？」

どうやら見習い錬金術師らしいところが出てしまったみたいだ。

何かに期待していたリオンくんが、わかりやすく肩を落としている。

「魔力路というのは、魔力の流れる通路みたいなものです。普通は素材に魔力が浸透するので、表面に流れるものはともかく、内部に流れるものまではわからないんですよ」

ん？　どういう意味なんだろう……と疑問を抱いていると、なぜかクレイン様がリンゴを持って近づいてくる。

「ようやく気づき始めたみたいだが、肝心の本人は理解できていないみたいだな」

「私にとっては初めて聞いた言葉ですし、説明されてもピンとこないですね」

「当たり前のことだと思っていたのなら、無理はないか。まあ、いい機会だ。ミーア、このリンゴの中身がどうなっているか、魔力を探って当ててみてくれ」

「えっ？　そんな無茶なことを言われても困りますよ」

「簡単な遊びみたいなものだ。深く考えるな。リンゴに流れる魔力に集中すればいい」

クレイン様からリンゴを受け取った私は、ポーションの査定をするようにして、ジッとそれを見つめた。

今まで普通に過ごしてきて、リンゴの魔力を読み取ろうと思ったことはないけど……、意外にわかるかもしれない。

魔力の属性は水で、蜜が溜まる中心部に集束している。魔力濃度も濃く、鮮度の良さを表すかのように魔力が活発に循環していた。

「かなり甘そうですね。蜜がたっぷりと入っているかもしれません」

「本当ですか？　甘いリンゴにしては、あまり赤くありませんけど」

覗《のぞ》き込んでくるリオンくんに否定気味に言われてしまうが、あくまで予想にすぎない。ただ、自分の感覚は間違っていないと、私はなんとなく理解していた。

「どちらの意見が正しいのか、確認してみるとしよう」

クレイン様が作業台の引き出しからナイフを取り出すと、普段からやっていることなのか、慣れた手つきでリンゴの皮を剥《む》いてくれる。

そして、食べやすいように切り分けられたものは、半分近くが蜜で埋め尽くされていて、とても瑞々《みずみず》しいリンゴだった。

「朝食に食べ損ねたリンゴだったが、随分と出来の良いものだったな。ミーアの言う通り、甘そうなリンゴだ」

せっかくクレイン様が切り分けてくれたので、リオンくんと一緒にいただくことにする。

「う～ん！　甘いですね」

「う～ん！　甘いですね」

クッキーやケーキなどの菓子類も捨てがたいけど、果物は酸味が利いていて、サッパリとした後味がいい。仕事中に食べる背徳感で、より一層おいしく感じる。

「ふっ、相変わらずだな」

どうやらまたリオンくんと同調してしまったみたいだ。

「冗談はさておき。俺やリオンの魔力感知は、基本的にリンゴの表面を中心に読み取っている。内部魔力に関しては、かなり曖昧なものだ。だが、ミーアは違うだろ」

「そうですね。リンゴの内部に流れる魔力も読み取れますし、普段の仕事でもそれをしっかり認識するように意識しています。言われてみると、徐々に判断できるようになった覚えがあるんですけど……。いつ頃だったかなー」

私の記憶にある限り、魔力を強く意識するようになったのは、元婚約者の工房で薬草の下処理をしていた時のこと。

婚約者の役目を果たすため、少しでも品質の良いポーションを作ってもらおうと懸命に努力して、試行錯誤を繰り返していた。

ちょうどその頃に冒険者ギルドで働くことが決まり、ポーションの査定で錬金術に触れるケースが増えて、少しずつわかるようになっていった気がする。

「俺と出会った頃は、まだ完全にはわかっていない様子だった。しかし、そこから駆け足で階段を上るようにして、才能が開花したことをよく覚えている」

「確かに、クレイン様がいろいろなポーションを持ってきてくださってから、難解な査定が増え始めて……。って、最初から気づいていたんですか!?」

「当然のことだろう。なんのために御意見番として雇ったと思っているんだ？」

衝撃の真実を聞かされ、驚きを隠せないが……。思い返してみると、私はすでに納得する出来事を経験していた。

冒険者ギルドを退職した日、クレイン様の持ち込んだ偽造ポーションを見抜いているのだ。

自分で作ったはずのクレイン様でも判別ができないと言っていたので、魔力路が読み取れないとわからないことだったんだろう。

実際にアリスに確認してもらっても、見事に普通のポーションだと騙《だま》されていたわけで——。

「それならそうと教えてくださいよ。御意見番ってなんだろうって、ずっと不思議に思っていたんですからね」

「伝えたところで、ミーアが信じるかどうかは別の話だ。助手に誘った時に魔力路のことを伝えても、絶対に疑ってかかっただろ」

「……はい」

その言葉に妙に納得した私は、素直に認めてしまう。

助手に誘われた時点で採用理由を聞いていていたら、逆に不信感を抱いていたかもしれない。

「これはあくまで俺の推測だが……。ミーアはリンゴの魔力に影響を与えない程度に魔力を流し、内部魔力を認識しているんだと思う。実際にミーアが錬金術や査定をする時に、そういった傾向が見られる」

私、無意識にそんなことをやっていたのか。今までこれが普通だと思い込んでいたから、自分のことなのにまったく気づかなかった。

まさか普通の人が魔力を確認しようとしたら、視界に映る範囲でしか魔力が判断できなかったなんて……。

あっ！　そういえば、ヴァネッサさんからネックレスをもらった時にも似たようなことを言われたっけ。

『やっぱりミーアちゃんは、魔力の流れがわかるのね』

今まで私と関わり続けてきたヴァネッサさんは、このことに気づいていたのかもしれない。彼女自身も『魔力の波長を感じる』と、錬金術ギルドに登録しに行った時に言っていた記憶がある。

破邪のネックレスを託してくれたのは、このことが関係しているに違いない。

少なくとも、魔装具を製作するように指示したオババ様はわかっているだろう。

いつも買い物をする時、素材の魔力を判別するところをバッチリと見られているから。

「単純な疑問なんですけど、リオンくんはいつもどうやって付与しているんですか？　内部の魔力がわからないと、うまく制御できないですよね」

「それを可能にするためのスキルが【付与】ですね。付与領域を展開していると、内部の魔力を感じ取りやすくなりますから」

「……感じ取りやすく？」

「はい、正確にはわかりません」

「じゃあ、力の腕輪を再調整する時って……」

「基本的には、付与した魔力を引き剥《は》がして、再付与します。付与領域を展開し続けないと修正箇所もわからないので、魔力量が多くないとできない仕事なんですよね」

「へ、へえ……。そ、そうなんですね」

「だから、僕よりも錬金術を長時間できるということは、ミーアさんの方が――」

「それ以上は言わないでください！　私の方が魔力量が多いなんて話を受け入れられるほど、心にゆとりがありません！」

次々に衝撃の真実を告げられた私は、全力で現実逃避をする。

まだまだ見習い錬金術師という責任の少ない立場であり、知識も乏しく、業界にも疎い。クレイン様の下で働きながら、基礎的なスキルを覚えている最中で、これから楽しい錬金術人生を歩んでいく――はずだったのに!!

宮廷錬金術師のクレイン様でもわからない魔力路が判断できて、力の腕輪を研究するリオンくんより魔力量が豊富で、魔装具に限りなく近いものを作るヴァネッサさんに想いを託されるなんて!!

こんなの、私の求めた平穏な錬金術生活では……。ん？　これって、逆にチャンスなのではないだろうか？

一周まわって落ち着きを取り戻した私は、自分が置かれている状況を冷静に判断する。

「もしかして私、本当に魔装具が作れたり、します？」

「可能性はあるだろうな。面白いというだけで、オババが無理難題を押しつけるとは思えない」

「ヴァネッサ様も同じです。魔装具が作れると思っていなければ、あのネックレスを手放さなかったはずですから」

魔装具に関与する二人の有能な錬金術師に期待されていると知り、無謀だと言われた挑戦が現実味を帯びてきたと実感した。

この難解な依頼をやり遂げれば、師であるクレイン様の株も上がるし、力の腕輪を完成させたいリオンくんの励みにもなる。

力の腕輪による怪力令嬢作戦が難しくなった私にも、追い風になるのでは……？

「ちょっとオババ様のところに行ってきます！」

居ても立ってもいられなくなった私は、工房を飛び出していくのだった。


王都の乗合馬車を使い、私は急いでオババ様の店を訪れた。

店内に入ってみると、お客さんは誰もいない。暇そうにしていたオババ様が欠伸《あくび》をしているだけだった。

そこにゆっくりと近づいていき、まずはオババ様の機嫌を取るため、手土産代わりに恥ずかしい話を提供する。

「先ほどクレイン様とリオンくんに教えてもらったんですけど、私、魔力を感知する能力が人並み以上だと判明したんですよ」

「あんた、今頃何を言っているんだい。まさか、そんなことにも気づかなかったのかい？」

「はい。これが当たり前のことだと思っていました。クレイン様とリオンくんに、すごく呆《あき》れられたんですよね」

突拍子もないことを言った影響か、オババ様は僅かにキョトンッとした後、ニヤッと顔を歪《ゆが》めた。

「イーッヒッヒッヒ。あんたはいつも予想外のところで笑わせてくれるね」

噂話《うわさばなし》が好きなオババ様は、こういう恥ずかしい話や失敗談も大好きな人である。

下手に愚痴をこぼしてしまうと、他の人に言いふらされる恐れもあるため、注意が必要だけど。

「日常会話で魔力操作の話なんてしませんから、仕方ないと思いませんか？　一応、まだ見習いなんですよ」

「錬金術師の道を歩む者なら、一般常識の範囲だろうに。あんたは何年も元婚約者の下で、錬金術師の助手をやっていた経験があるんじゃないのかい。知らないというのもおかしな話だねえ」

「元婚約者とは折り合いが悪かったので、ほとんど独学なんですよね。どうにも基礎的な部分がゴッソリと抜けてしまっているみたいで……」

「あれだけうちの店で商品を厳選しておいて、よくそんなことが言えたもんだよ、まったく。こっちは商売になりゃしないね」

「すみません……って、ぼったくりで利益を上げようとしないでください」

「馬鹿なことを言うんじゃないよ。捨てるものが売れたら儲《もう》けもんだろうに。イーッヒッヒッヒ」

悪い笑みがこぼれるオババ様は、相変わらずぼったくりを楽しんでいるみたいだ。

古代錬金術への対抗手段を持つ優れた錬金術師とわかった今となっては、変なトラブルに巻き込まれないように祈るしかなかった。

そんなオババ様の機嫌が取れたところで、私は恐る恐る魔装具の話に切り替える。

「ところでですね、今日は買い物に来たわけではなくて、オババ様に用があって来たんですよ」

「魔装具の作り方以外であれば、なんでも聞いていきな」

「そこをなんとかお願いします！　私の将来のためにも、魔装具の作り方を教えてください！」

「何を言ってるんだい。手取り足取り教えているようじゃ、それこそあんたらの将来のためにはなりゃしないよ」

「でも、ヒントくらいはあってもいいと思うんですよね〜」

そう言った私は、バッグの中から栗饅頭《くりまんじゅう》の入った箱を取り出して、オババ様に差し出す。

古典的な方法だが、オババ様はこういう行動にとても弱い。早くも私の手元に熱い視線が注がれているので、効果は抜群だ。

「まあ、これはありがたく受け取っておくよ。だがねえ、今回は聞く相手が違うだろうに」

「えっ？　オババ様以外に聞く相手って、誰かいましたっけ」

「魔装具を完成させることができず、立ち止まったままの錬金術師が一人いるんじゃないのかい？

本当に魔装具を作ってみたけりゃ、ちゃんと自分の胸に手を当てて聞いてみな」

ビシッと指を差してくるオババ様を見て、言われた通りに自分の胸に手を当ててみる。

そこにあるヴァネッサさんのネックレスに触れて、オババ様が自分を頼ってほしくない理由を悟った。

二人の関係性はわからないけど、オババ様はきっとヴァネッサさんの腕を買っているんだ。破魔の矢を製作する通過点として、破邪のネックレスも完成させることで、彼女を再び錬金術師の道に連れ戻したいのかもしれない。

こんなにも精密な魔力が付与されているものは見たことがないし、オババ様が気にかけるほどの錬金術師なら、きっと……。

「オババ様。やっぱりヴァネッサさんは――」

「おやおや、良い栗饅頭だねえ～」

大事な話の途中なんだから、ちゃんと聞いてよ、オババ様。栗饅頭を渡した分のヒントはこれで終わりだという、とてもわかりやすい反応ですけどね。

すっかり栗饅頭に夢中なオババ様は、早くもお茶をいれる準備をしていた。

今日は店で買い物をする予定もないし、オババ様のお茶に付き合わされるわけにはいかない。

好機だと判断した私は、そのままオババ様の店を後にする。

なんだかんだで心配してくれているのか、窓ガラス越しにオババ様が見送ってくれていたことには気づかないフリをした。

その分、魔装具づくりを頑張ろう。


オババ様にヒントをもらい、錬金術ギルドを訪れた私は、周囲をキョロキョロと見回す。

古代錬金術のことは国王様に口止めされているため、あまり大きな声で話すことはできない。錬金術師を引退したヴァネッサさんが協力してくれるかどうかも、まったくわからないような状態だった。

でも、頼れそうな人には頼った方がいい。私はまだ、独り立ちできるほど立派な錬金術師じゃないんだから。

幸いなことに、錬金術ギルドに人は少なく、受付女性が事務仕事をするくらいの余裕があった。

ヴァネッサさんもカウンターに座り、山のように積まれた書類を整理している。

少しばかり緊張しながらも、私はゆっくりとヴァネッサさんの元に近づいた。

「あら。ミーアちゃん、いらっしゃい」

「お邪魔しています、ヴァネッサさん。真面目に仕事しているなんて、珍しい日もあるんですね」

「たまには、ね。今日は特別に仕事したいなーって気分だったのよ」

「そうでしたか。てっきり仕事をサボりすぎた結果、ギルドマスターに怒られて、強制労働をさせられているんだと思いましたよ」

ヴァネッサさんの手がピタッと止まるあたり、本当は無理やり仕事をさせられているんだと察する。

ちょっぴり寂しそうな表情を浮かべたヴァネッサさんは、捨てられた子猫のような儚《はかな》げな顔を向けてきた。

「涙を流さずに聞いてね。実はギルドマスターに仕事を任せていたのに、やってくれていなかったのよ。挙句の果てには、人を頼らずに自分でやれって言われてね。酷《ひど》いと思わない？」

「いえ、まったく。自業自得ですね」

どうしてヴァネッサさんが錬金術ギルドのサブマスターを続けられるのか、不思議で仕方ない。普通の店や企業だったら、三日でクビになっているだろう。

これが噂の天下りというやつかな……と不穏なことを思いつつも、私は肩を落としてシュンッとするヴァネッサさんの前に腰を下ろした。

「逆によくここまで書類を溜め込みましたね」

「やだわ〜、もう。ミーアちゃんって、褒め上手なのね」

「褒めていませんよ。まあ、ある意味では感心しますけど。私は怒られることが怖くて、こんな真似はできませんから」

周りの目を気にすることなく自由に生きるヴァネッサさんだからこそ、こうして仕事を溜め込めるんだろう。

私には、どうして彼女が仕事をサボろうとするのかわからない。真面目に出勤しているなら、怒られない程度にちゃんと仕事すればいいのに、と思ってしまう。

そう考えているのは私だけではないみたいで、カウンターの奥でギルドマスターが睨《にら》みを利かせている。

思っている以上に自由の代償は大きそうだった。

「ところで、今日はどうしたのかしら」

「……。大きな声で言いたくないんですが、ヴァネッサさんと話がしたくて来ました」

「そう。デレ期に入ったのね」

「違います。言えない事情があるだけなので、そのままの意味で捉えないでください」

「ついにミーアちゃんがデレ期に……！」

どうやら聞こえていないらしい。なぜか照れたヴァネッサさんが恍惚《こうこつ》の表情を浮かべている。

必要以上に話を長引かせるとややこしいことになりそうなので、私はいきなり本題から入ることにした。

「破邪のネックレスについて知りたいんです。ヴァネッサさんからいただいたネックレスは、魔装具と認められるまであと一歩なんですよね？」

錬金術の話になった途端、さっきまで照れていた姿は、いったいどこにいったのやら……。

急にヴァネッサさんの顔つきが変わり、ピリッと張り詰めた空気が生まれてしまう。

「錬金術師に製作物のことを問いただすのは、マナー違反よ。いくらミーアちゃんでも教えることはできないわ」

「そこをなんとかお願いします。どうしても魔装具を作りたいんです」

「無理なお願いね。そもそも、錬金術師を引退した私に魔装具を語る資格なんてないのよ」

スパッと言い切るヴァネッサさんに、これ以上のことは聞きにくい。真っ当な言い分なだけに、言い返す言葉も見つからなかった。

しかし、そんなにあっさりと拒絶されると、心に大きなモヤモヤを抱えてしまう。

「勝手にネックレスを託しておいて、まったく協力しないというのもマナー違反なんじゃないでしょうか」

魔装具の製作を指示したオババ様でさえヒントをくれているし、クレイン様とリオンくんもできる範囲で手伝ってくれている。

破邪のネックレスの完成を一番望んでいるはずのヴァネッサさんが非協力的なのは、釈然としなかった。

少しひねくれた私は、ムスッとした表情を浮かべて、ヴァネッサさんをジトーッと見つめる。

「……」

「……」

しばらくすると、さすがに思うところがあったのか、ヴァネッサさんは大きなため息をついた。

「ミーアちゃんには、一歩ずつ乗り越えていってほしいの。近道してもいいことはないわ」

「言いたいことはわかりますが、私には時間がありません。貴族である以上、自分で価値のある錬金術師だと証明しない限り、こうして自由に働ける期間もなくなってしまいますから」

「いろいろ大変ね。でも、すでに大きな功績はあげているんじゃないかしら。王都にも良い噂が流れているわ」

「残念ながら、その影響で縁談が来るようになったんです。もっと大きな功績をあげるか、早く一人前の錬金術師にならないと、どこかの貴族と婚約すると思いますね」

「そう……。ミーアちゃんは、縁談を断るために魔装具を作りたいのね……」

少し寂しそうな表情を浮かべるヴァネッサさんを気遣うわけではないが、決してそれだけが理由ではない。

魔装具づくりに挑戦し始めてから、私の目的は少しずつ変わっていった。

「その通りです……と言いたいところですが、錬金術師として生きるだけであれば、魔装具の製作にこだわる必要はありません。本当はもっと単純な理由で魔装具を作ろうとしているんだと思います」

婚約したくないとか、国王様に頼まれたとか、王都の平和を守らなければならないとか、魔装具を作るべき目的はいろいろある。

ただ、一人の錬金術師として魔装具づくりと向き合った時、どの理由も違うと気づいた。

「純粋に、魔装具を作ってみたいんですよね。魔装具を完成させることでしか得られないものを、みんなで分かち合いたいんです」

たった三人しかいない工房だけど、みんなで一丸となって、魔装具を作っている。

誰もが無謀だと思うことをできると信じて、懸命にやり遂げようとしていることが、とても嬉しかった。

魔装具づくりを任せてくれたオババ様と、ネックレスを託してくれたヴァネッサさんの気持ちも同じこと。

だから、私はみんなの想いを魔装具という形にしたい、そう思うようになっていた。

まあ、邪《よこしま》な気持ちがあるのも事実なので、ちょっぴり後ろめたいけど。

「もちろん、錬金術師でいられるように功績をあげたい、という気持ちもありますけどね。魔装具に興味を持ったきっかけも、リオンくんの作った力の腕輪で怪力令嬢になれば、物理的に圧をかけられると思ったからなんです。そうしたら縁談が減ると、淡い期待を抱いていたんですよね……」

馬車の荷台を軽々と持ち上げるほどの力があれば、貴族令嬢のイメージを払拭《ふっしょく》するインパクトがある。

不用意に近づくのは危険だとすぐにわかるため、良い案だと思っていたんだけど……。

魔装具を作り始めた今となっては、自分好みのデザインにする難しさを痛感して、怪力令嬢になる作戦は諦めざるを得なかった。

儚い夢が消えていくように感じて、はぁ～……と大きなため息をつくと、なぜかヴァネッサさんにクスクスと笑われてしまう。

「そうね。怪力令嬢になるよりは、魔装具の製作に取り掛かった方が現実的かしら。力持ちになるだけであれば、街道整備に役立つと思われて、辺境地の領主から縁談が来るかもしれないわ。ほらっ、落石の対処とか大変でしょう？」

「なるほど。力があるからこそ、求められる場所もあるとは、盲点でしたね。うちも騎士の家系である以上、あのまま怪力令嬢を目指していたら、逆に縁談が増えていたかもしれません」

「どうかしらね。貴族が妻に力を求めるなんて、聞いたことがないわ。でも……うふふっ、やっぱりミーアちゃんは面白い子ね」

「……私、とても真面目な話をしているつもりなんですけど、もしかして、馬鹿にされてます？」

「してなーい、してなーい」

絶対にしてるじゃないですか、もう。

「他にも、魔装具を身につけてみたいなーという気持ちもありますよ。秘めた力を持つ錬金アイテムを所持しているなんて、カッコいいじゃないですか。聞いた話によると、空を飛べる魔装具もあるみたいです」

「夢があっていいと思うわ。そういう気持ちは、錬金術の世界に長くいるほど失われてしまうものなの。理想と現実は違う、ってね」

「見習い錬金術師の私には、まだまだわからない話ですね。それに、その夢を持ち続けている人も近くにいるみたいですので」

私は首にかけているネックレスをちらつかせてみた。すると、ヴァネッサさんは観念するかのように苦笑いを浮かべる。

そして、内緒話をするみたいにして、ゆっくりと顔を近づけてきた。

「ミーアちゃんは、魔力路がわかるのよね？」

「はい。どこまで正確かはわかりませんが、ハッキリわかる方だと思います」

「それなら話が早いわ。私の作った破邪のネックレスには、付与を使っても魔力を定着させられなかった魔力路が一本だけ存在するの。それが魔装具になりきれなかった原因よ」

「えっ？　そんな部分なんてありましたか？　何度か拝見していますけど、魔力路に違和感を抱いたことはありませんよ」

私が魔力感知する限り、綺麗に魔力が付与されている形跡しか見当たらない。

ここにもう一つ違う魔力を付与したら、バランスが大きく崩れてしまい、逆に魔装具から遠のくような気がした。

ただ、それを教えようとしてくれているのか、ヴァネッサさんが破邪のネックレスに触れ、魔力を流す。

すると、ネックレスが呼応するように光った。

「おかしいと思わない？　常時発動型の装備が、魔力を消費しないと起動しないなんて」

「あっ……」

ヴァネッサさんにそう言われて、ようやく私はこのネックレスの欠落している部分に気づいた。

本来、錬金術で作られたランプやコンロの魔導具は、魔石などの動力源を組み込み、付与した魔法の力を制御する仕組みになっている。リオンくんの力の腕輪も同様の扱いで、装備者の魔力を用いて起動する構造だ。

しかし、聖なる矢や聖光の矢みたいなアイテムは違う。常に魔力が循環していて、破損しない限り効果が失われることはなかった。

つまり、破邪のネックレスに魔力を流せる現在の状態がおかしい。本来は、装備者の魔力を消費しないアイテムだったんだ。

「装備者が動力源になる設計ではなかったんですね」

「そうよ。本来は魔力が循環して、自動でエネルギーを生み出す仕組みなの」

「じゃあ、この魔力路に魔力を付与することができれば……」

破邪のネックレスが完成する、ということか。

ここにリオンくんが言っていた言葉を合わせると、魔装具の作り方が見えてくる。

『実は、付与領域と形成領域を同時に展開すると、魔力の通り道を二重にできるんですよ。そうすることで、魔装具に近づくことができたんです』

ヴァネッサさんの精密な魔力操作でも付与できないなら、普通の方法では無理なんだろう。

本来であれば、二つ目の魔力路を作る行為も、そこに付与する行為も、神聖錬金術を用いなければならないはずだから。

こうした不確定要素を減らすためには、領域の二重展開について、力の腕輪を製作するリオンくんにも意見を聞いてみた方がよさそうだ。

「後はミーアちゃんの好きなようにするといいわ。知っていたところで、魔装具が作れるかどうかは別の話だもの」

「なんとなく魔装具の構造が把握できたので、やれるだけのことはやってみます」

「応援しているわ。ミーアちゃんが魔装具を作れるように祈っておくわね」

「ありがとうございます」

いつもより柔らかい笑みで見送ってくれるヴァネッサさんを見て、私は思った。

本当は自分の手で破邪のネックレスを完成させたいんだろうな、と。


ヴァネッサさんに破邪のネックレスの情報をもらった私は、逸《はや》る気持ちを抑えて、クレイン様の工房に戻ってくる。

「ただいま戻りました……って、あれ？　リオンくんがいない」

広い工房の中を見回しても、難しそうな本を片手に持ちながら、何かの作業をされているクレイン様の姿しか見当たらなかった。

「早かったな。リオンなら、古い資料を取りに行ったぞ」

「ああー……、そうなんですね」

最近はずっと二人で仕事をしている影響か、工房にリオンくんがいないと、閑散とした印象を受けてしまう。

調査依頼が終わるまでの臨時メンバーとはいえ、助手の先輩として心強く、学ぶことは多い。クレイン様と親しい間柄なだけあって、彼がいるだけで工房に活気が満ちるため、かけがえのない存在になっていた。

国王様の依頼を終えたら、この工房からリオンくんがいなくなると考えると、寂しい気持ちが生まれてくる。

その反面、最後の大仕事を一緒にやり遂げたいとも思う。

魔装具づくりを目指す仲間として、絶対に破魔の矢を作り上げて、喜びを分かち合いたかった。

「ミーアの様子を見る限り、オババから良い情報を聞けたみたいだな」

「オババ様は話したくなさそうでしたので、破邪のネックレスの情報をヴァネッサさんから聞いてきました。実際にやってみないとわかりませんが、なんとかなりそうな気がします。ところで、先ほどからクレイン様は何をされているんですか？」

いつも調合に関係する作業を行うクレイン様だが、今は見たこともないことをやっている。

薬剤の入った箱にユニコーンの角を入れて、本を参考にしながら薬液に浸していた。

「硬度が高い特殊な素材を形成するには、それなりの下処理が必要だ。特別なアイテムでも作らない限り、錬金術で使用することはないが、今回はそういうものを目指しているからな」

「では、これが破魔の矢の素材に使われている可能性が高いんですね」

「ああ。いくつもの書物を確認するうちに、素材の目星がついた。確実とは言えないが、あながち間違ってもいないだろう」

作業台の上に並べられた数々の素材は、普段の仕事で目にするようなものではない。

かなり高価なものまで含まれているけど、こんな短期間のうちにいったいどこで調達して……。

「あれ？　これって、浄化ポーションを作るためにリオンくんが買い出しに行った時、オババ様からもらったものじゃないですか？」

「そうだ。オババが作れもしない難題を押しつけるとは考えにくくてな。すでに素材が揃《そろ》っていると仮定して調べていたら、破魔の矢に必要な素材が見えてきたんだ」

確かに、オババ様は面白おかしいことが大好きな方だ。結果的に誰かを困らせたり、迷惑をかけたりすることはあっても、決してそれが目的なわけではない。

「オババの性格を考慮すると、作れるようなヒントが近くにあるにもかかわらず、悩んでいる姿を楽しむはずだ。滑稽な姿を想像しながら、甘いものをつまみたがるだろう」

「ああー……。オババ様はそういういたずらみたいな行為が大好きな方ですからね」

どんな事情や状況に追い込まれようとも、オババ様は善意だけで行動しない……と思っていたけど、意外に違うのかもしれない。

心配そうに見送るオババ様の顔を思い出すと、今回ばかりは、気づいてくれるかどうかソワソワする気持ちを、甘いもので紛らわしているような気もした。

「でも、リオンくんがこの素材をいただいたのは、私たちが調査に行く前ですよね。クレイン様の推測が正しければ、オババ様はこうなるとわかっていたんでしょうか」

「オババほどの錬金術師なら、魔物の繁殖が古代錬金術の影響だと見抜くことができたのだろう。

その対策として、ミーアに魔装具を作らせるまでが、計画のうちだったと推測できる」

「……そうでしたか。すべてオババ様の手のひらの上で踊らされていたかと思うと、急にやる気がなくなってきますね。悔しい気持ちの方が大きくなってきました」

「そう言ってやるな。ミーアが思っている以上にオババは功労者だ。国王陛下も無下に扱うことはできず、大貴族も口を挟めないほどの権力者だぞ」

「つまり、国王様と同等の権力者ということですか……！　不思議ですね。急にやる気が出てきました！」

「権力に反応するな。相変わらず現金なやつだな」

錬金術師として生きる道が見えてきた私は、いつもと同じように作業服に着替える。

それが終わると同時に工房の扉が開くと、両手で抱えられないほど大きな荷物を持ったリオンくんが帰ってきた。

机にドサッと置いたその荷物を見てみると、色褪《いろあ》せた本がビッシリと入っている。

「ヴァネッサ様が破邪のネックレスを作ろうとした時の資料を持ってきました。破魔の矢に魔法効果を打ち消す効果があるなら、似たような作業工程があるのかなと思いまして」

こ、これは助かる……！　形成と付与の二重展開について詳しいことがわかれば、無闇に神聖錬金術を展開する必要もなくなり、魔装具の完成に近づくはずだ！

「わざわざありがとうございます。ちょうど領域の二重展開について、詳しい情報を知りたいと思っていたところなんですよ。貴重な素材を扱うことになりそうなので、予《あらかじ》め二つ目の魔力路を作るための注意点がわかると嬉しいです」

「すでに調合と形成を二重展開された経験があるなら、心配はいらないと思いますが……。スキルや素材が違いますし、干渉の仕方が変わるかもしれませんね」

「他の素材で実験してから本番に挑むつもりですが、後でリオンくんが二重展開する時の感覚についても教えてもらえるとありがたいです」

「わかりました。ヴァネッサ様の情報も合わせて、大まかなデータを取りましょう」

すぐに本で調べ始めるリオンくんと、難解な素材の下処理をしてくれるクレイン様を見て、私は二人が信頼してくれていることを実感した。

だからこそ、絶対に魔装具を作り上げなければならない。

自分自身のためにも、このリメルディア王国のためにも、二人の期待に応えるためにも。そして、ヴァネッサさんに託された未練を晴らすためにも。

その答えを導き出せるのかは、もう自分の手の中にある。

「私は本当に魔装具が作れるのか、今から確認してみます」

今までの情報と自分の力量を確かめるべく、ヴァネッサさんのネックレスを握り締める。

王都で一番の腕前を持つヴァネッサさんでさえ、最高級の素材で作られたであろうこのネックレスの付与作業を、断念せざるを得なかった。

神聖錬金術を展開したとしても、簡単にできるとは思えない。それでも、本当に魔装具を作れるとしたら、この方法しか思い当たらなかった。

聖なる魔石を一つ手に取った私は、収束させた魔力を高濃度に強化する。そして、付与領域を多重展開して、神聖錬金術を行使した。

魔力が体に圧力をかけるように押し寄せ、肌がピリピリとする感覚が懐かしい。普通の付与領域とは異なり、部屋の空気が張り詰めるほど、領域が空間に干渉していた。

「み、ミーアさん!?」

「リオン、今は話しかけるな。ミーアの邪魔をするだけだ」

神聖錬金術のことを話していないリオンくんが驚いてしまったが、これればかりは仕方ない。古代錬金術だと誤解されても困るし、どんなトラブルに巻き込まれるかわからないので、内密にしなければならなかった。

でも、今は違う。臨時とはいえ、魔装具を作る大切な仲間なんだから。

心配の眼差《まなざ》しを送ってくれるクレイン様とリオンくんに感謝しつつ、私はヴァネッサさんのネックレスに意識を向ける。

普通に付与スキルを展開するより、神聖錬金術を展開した方が圧倒的に情報量が多い。魔力路やそこに流れる魔力のことが手に取るように伝わってくるため、思わず感嘆して、ため息が漏れてしまう。

ヴァネッサさん、やっぱりすごいな……。細い糸で一本一本丁寧に縫うようにして、魔力を紡いでる。とてもではないけど、ここまでのクオリティーは真似できそうにない。

でも、そのおかげで最後にどう付与すればいいのか、ハッキリと魔力路が認識できる。

後は神聖錬金術で、魔力が存在しないところに付与できれば——。

そう思って聖なる魔石の魔力を付与しようとすると、拒絶反応でも起こすようにバチッと弾《はじ》かれてしまう。

えっ？　神聖錬金術でもダメなの……？

いや、違う。破邪のネックレスの品質が高すぎて、聖なる魔石の魔力が対応できないんだ。

「それなら、品質を向上させるしかない」

不測の事態に対処するため、形成領域を多重展開して、聖なる魔石の魔力を変換することに挑む。

EXポーションを作った経験があれば、それくらいのことはできるはず。ううん、意地でもやろう。

私だって、見習いといっても錬金術師なんだ。これだけ緻密に作られたものが、どれだけの労力と想いが込められているのか、よくわかる。

錬金術師のプライドをかけて作られたものなんだから、誠意を持って対応しないと。

「魔力増強」

……足りない。これくらいの変化はないにも等しい。これだと、また弾かれる。

「魔力増強」

……もっと、もっと変化させないと。魔装具に相応《ふさわ》しい魔力にならない。

「ミーア……」

「ミーアさん……」

高濃度の魔力を消費し続けていることもあり、工房に張り詰めた緊張感が最高潮に達する。

このまま様子を見ながらやっていたら、私の魔力が消耗するだけで、最後までもちそうにない。

きっと魔装具も受け入れてくれず、拒絶反応を起こし続けるだろう。

そうしたら、もうヴァネッサさんは錬金術の世界に戻ってこないかもしれない。そんなの、全然嬉しくないよ。

ヴァネッサさんが時折見せる寂しそうな顔を思い出し、私はさらに魔力を収束させる。

「これだけ自由自在にネックレスが作れるなら、絶対楽しいはずなのに」

錬金術の下処理は煩わしい作業が多いし、納品日が重なって仕事に追われることもあるし、手が汚れて荒れることもある。

でも、それ以上の喜びを知っているから、高みを目指していたんだと思う。

仕事が手につかないほど錬金術のことを考えてサボる癖も、ふざけてばかりで未練がなさそうなフリをするのも、自分を騙しているだけにすぎない。

そうじゃないと、ヴァネッサさんが魔装具の話をしている時、あんなに楽しそうな顔をすることに説明がつかないから。

だから、破邪のネックレスが完成したら、思いっきり自慢しよう。

もう一度、最初から自分で作りたいと思えるように、この魔装具を完成させてみせる。

「魔力最大出力」

聖なる魔石の魔力が金色に輝き始め、自分の居場所を見つけたかのように、破邪のネックレスに吸い込まれていく。

そして、すべての魔力が吸い込まれたところを見届けて、私は神聖錬金術の展開をやめた。

「……よしっ！」

手元に残ったネックレスが、金色にも銀色にも輝きを放ち、魔力のオーラを纏《まと》っている。

その異質な存在を見て、誰がどう見ても魔装具と呼ばれるものだと確信するのであった。

幕間　宮廷錬金術師の意地（Side：クレイン）

ミーアが破邪のネックレスを完成させた日の夜のこと。

静寂に包まれる宮廷錬金術師の工房に残り、形成領域を展開した俺は、あるものをミスリル鉱石で製作していた。

「ミーアが破魔の矢を製作するなら、弓くらいは作ってやらないとな」

このまま順調に進み、破魔の矢を作り出したとしても、その負荷に耐えうる弓がなければ意味がない。古代錬金術を打ち破るためには、誰かが強靭《きょうじん》な弓を作り出す必要があった。

本来であれば、弓も神聖錬金術で作るべきだが、未知の技術に頼りすぎるわけにはいかない。ヴァネッサが途中まで作製した破邪のネックレスを完成させるだけでも、ミーアはかなり疲弊していたのだから。

本人的には、破邪のネックレスが作れた達成感の方が勝《まさ》っていたみたいで、興奮したリオンと共に騒いでいたが。

『見てください、リオンくん！　破邪のネックレスが生まれ変わりましたよ！』

『すごいですね……！　ネックレスから溢《あふ》れ出す魔力の存在感が違います。これが、本物の魔装具なんですね！』

『魔装具に昇華させる方法をヴァネッサさんに教えてもらったので、間違いないと思います。ほらっ、クレイン様も見てください！　本物の魔装具を見たことがあるクレイン様なら、魔装具かどうか判別できますよね？』

『あ、ああ。この独特な雰囲気は、魔装具で合っていると思うが……』

完成した破邪のネックレスよりも、俺は疲弊したミーアの方が気になって仕方がなかった。

また魔物の繁殖騒動の時と同じように、身を犠牲にして作らせるわけにはいかない。何度も弟子を魔力切れで倒れさせるなど、師として恥じるべき行為だ。

だからこそ、俺は弓を作らなければならない。魔装具の負荷がどれくらい大きなものかはわからないが、それを一度だけでも受け止める弓であれば、作れないことはないだろう。

「俺に神聖錬金術が使えれば、ミーアに無茶をさせなくても済むんだが……。いや、こんなことを考えていても仕方ない。師としてできることを少しくらいはやってやらないとな」

展開している形成領域の出力を上げた俺は、ミスリル鉱石を棒状に変化させていく。

オババが用意したミスリル鉱石は、純度の高い良質なものであり、扱いが難しい。多量の魔力を消費して形成しなければならず、思い描く形状にするだけでも一苦労だった。

「弓にかかる負担を分散させるだけでなく、多量の魔力を受け入れられる器でなければ、破魔の矢を放つことはできないはずだ。表面の凹凸を減らして、魔力が循環しやすいようにするか」

棒状にしたミスリル鉱石を、ヤスリにかけるように魔力で研ぎ澄ましていく。

たったこれだけの作業でも、少しずつ休憩を挟みながらやらないと、魔力不足で集中力が途切れそうだった。

「専門分野外の作業だと、こういう時に魔力消費を抑える術《すべ》を持たなくて、苦労するものだな。リオンに手伝ってもらうのも一つの手だが……、今回はミーアの補佐に集中させてやりたい。リオンにとって、これ以上ない大きな経験になるだろう」

ヴァネッサの助手をしていた頃からリオンと付き合いがある影響か、年齢の離れた弟を思い出す影響かはわからない。ただ、こんな余裕がない状況でも、ついつい彼の世話を焼いてしまう。

その結果、ミーアとリオンの邪魔をするわけにはいかなくなり、広い工房の中に一人寂しく残って、作業に集中していた。

この方法だと時間はかかるものの、確実に自分の手で仕上げられるという意味では、悪くない。どちらかといえば、もう一つの悩みの種の方が大きな問題と言える。

「破魔の矢の負荷に耐えうるものを作ろうと思うと、高度な付与技術を用いる必要がある。俺やリオンが付与したところで、一か八かの賭けになるだろうな。ここは苦肉の策がうまくいくことを願うしかないが、いったいどうなることか」

はぁー……と大きなため息をつくと同時に、工房の扉がゆっくりと開き、一人の男が姿を現す。

「なんの用だ。お前に呼び出される筋合いはないはずだが」

同じ宮廷錬金術師であり、付与のスペシャリストと言われる男、ゼグルス・ウォーレンだ。

近年は大きな活躍をしていない分、表向きは評価を落としているが、宮廷錬金術師の地位に君臨し続けている。その豊富な経験と数多《あまた》の知識を考慮すれば、ヴァネッサを凌《しの》いでいても不思議ではない。

そういった意味では、弓づくりにゼグルスの協力は必要不可欠だった。

しかし、俺はゼグルスと考え方が合わず、お世辞にも交流が深いとは言えない。どちらかといえば、顔を合わせる度に反発する存在であり、たった十人しか選ばれない宮廷錬金術師の椅子を奪い合う好敵手だった。

可能な限り関わり合いたくないし、借りを作りたくはない。だが、今回はゼグルスに頼らざるを得ない状況にある。

「単刀直入に言う。お前に付与を頼みたい」

「……。うまく聞き取れなかったようだ。もう一度、言い直してくれ」

「変に焚《た》きつけるな。言いたくはないが、聞き間違いではない。お前に付与を頼みたいと言ったんだ」

眉間にシワを寄せたゼグルスは、呆《あき》れるように大きなため息をつく。

「熱でもあるみたいだな。寝言は寝てから言うものだぞ」

「自分でも馬鹿なことを言っているとわかっている。図々《ずうずう》しいことも承知の上だ。だが、恥を忍んで、お前に協力を仰ぎたい」

「わざわざ呼び出しておいて、何を言うかと思えば、随分と馬鹿馬鹿しいことだったな。俺にはお前の戯言《たわごと》を聞く暇はない。他に用がないなら、帰らせてもらうぞ」

聞く耳を持たないゼグルスは、苛立《いらだ》ったような表情を浮かべて、そっぽを向いてしまう。

今回ばかりは奴の気持ちがわからなくもないし、自分が身勝手なことを口にしているのも承知の上だ。

しかし、破魔の矢のことを考えると、ここでゼグルスに依頼を断られるわけにはいかなかった。

可能な限りの誠意を伝えるべく、俺はゼグルスに向かって頭を下げる。

「頼む。自分で高度な付与ができると思うほど、俺は落ちぶれていない。手を貸してくれ」

「フンッ。貴族が頭を下げれば、なんでも言い分が通ると思っているのか？　現実はそんなに甘い世界ではないぞ。考えを改めるべきだな」

願いも虚《むな》しく、バタンッと扉の閉じる音が工房に響き渡る。

最初から難しい取引だと思っていたが、ここまで交渉の余地がないとは思わなかった。

ただ、自分に都合が良いようにゼグルスを利用しようとした時点で、俺に奴を非難する資格はない。

こういう状況に陥ってしまったら、自分で付与する方法を考慮しなければ……と、諦めかけていた時だ。

顔を上げた先に、扉にもたれかかったゼグルスの姿があった。

「少しくらいは言い返せ。調子が狂う」

どうやらゼグルスなりに異変を感じたみたいで、交渉の場についてくれたようだ。

「俺が言い返していたら、聞く耳を持ってくれたのか？」

「ぬかせ。最初からお前の言葉を聞く耳など持ち合わせていない」

ゆっくりと近づいてきたゼグルスは、俺の近くにあった椅子にドカッと腰を下ろす。

そして、作業台の上に置かれた作りかけの弓を見て、真剣な表情を浮かべた。

「調合ばかりしていた男が、大層な鉱物を用意したものだな。不慣れな形成スキルで、いったい何を作る気だ？」

「破魔の矢の衝撃に耐えうる弓だ。何度も放つことは想定せず、一度の衝撃だけに耐えられればいいと思っている」

「今日のお前はおかしなことばかり言う。まるで、見習い錬金術師のひよっ子が破魔の矢を作ることができる、と言っているようなものだぞ」

「その認識で間違っていない。俺は、ミーアが破魔の矢を作ると信じている」

何も間違ったことは言っていないと思う俺は、ハッキリと言い切った。

それが不満だったのか、ゼグルスはしかめっ面《つら》を浮かべてしまう。

「バーバリル様といい、お前といい、あの娘の何がそうさせるのか、俺にはサッパリわからん。熟練の錬金術師でさえ、魔装具の製作は手に負えないものだ。それくらいのことは、お前も知っているだろ」

「無論だ。長年にわたって研究を重ねたヴァネッサでさえ、リオンに託して引退の道を選んでいる。だからこそ、こんなことを安直な考えで口にするほど、俺は子供ではない」

現に、ミーアは破邪のネックレスを完成させている。ヴァネッサができなかったことを、すでにやってのけているのだ。

そのことを今のゼグルスに伝えたとしても、信じるはずがない。逆に嘘《うそ》だと思われ、馬鹿にされるだろう。

ゼグルスが唯一わかるのは、俺がミスリル鉱石を使用して、耐久値の高い弓を作ろうとしていることだけだ。

「随分とひよっ子を信頼しているんだな。あれはお前の嫁候補か？」

「いや。うちの大事な助手、兼、見習い錬金術師だが」

「……今まで頑《かたく》なに人を雇わなかった男が、大事な助手と口にするとは。この世の中、何が起こるかわからないものだな」

うるさい、と言いたいところだが、自分でも不思議に思っている。ミーアが工房に来てから、俺を取り巻く環境が大きく変わっていった。

ＥＸポーションの存在を知って、ポーションの研究が進んだことも。昼間の賑《にぎ》やかな光景が当たり前になり、静寂に包まれた工房が寂しく感じることも。こうしてゼグルスと対話を試みようとすることも、今までなら考えられなかったことだ。

まるで、希望の光に照らされて、自分の世界が広がっていくような感覚を覚えるのだが……。

この男の言葉で気づかされたというのは、釈然としない。自分の心の変化に気づかないほど、俺は今の環境に馴染《なじ》んでいるんだろう。

だからこそ、失いたくなくて、必死なのかもしれない。

「今は俺やミーアのことは関係ない。この弓の製作に、お前は手を貸してくれるのか？」

真剣な表情で訴えかけると、少し間《ま》が空いた後、ゼグルスは片手を突き出してきた。

「ミスリル鉱石をよこせ。ちんたらやられたら、こっちの仕事に支障が出かねん」

どういう風の吹き回しかわからないが、形成スキルまで手伝ってくれるみたいだ。

ありがたい反面、少し不気味に思うところだが、それはお互い様かもしれない。

ここは素直に感謝して、協力してもらうとしよう。

「すでに弓の形状は考えてある。破魔の矢が与える衝撃を逃がす構造にするつもりだ」

「作りかけの弓を見れば、そのくらいのことはわかる。本当に馬鹿げたことをやろうとしていると、逆に感心するほどだ」

「馬鹿げたことかどうかは、自分の目で確かめるんだな」

「ぬかせ。俺は自分の利益のために手を貸すだけであって、お前らに興味はない。作業を手伝う代わりに、こっちの条件を飲め」

貸し借りを無しにしてくれた方が、俺としても助かる。

金で動く気がないのであれば、報酬を指定してもらった方がありがたかった。

「いいだろう。条件はなんだ？」

「リオンのことだ。本人が希望するようなら、今後も力を貸してやってくれ」

淡々とした表情で言い切ったゼグルスは、手元のミスリル鉱石をジッと見つめたままで、俺の方を見ようとしなかった。

ゼグルスにとっては、それほど言い出しにくいことだったのかもしれないが……。

「別の条件を出せ」

「なぜだ。リオンの何に不満があると言うつもりだ？」

「不満などない。俺もリオンの力になってやりたいと思っている。それだけに、取引の材料にされるのは釈然としない」

ヴァネッサが錬金術師を引退した後にも、リオンがゼグルスの弟子になった後にも、俺は何度かリオンと顔を合わせていた。

当時のリオンはまだ幼い子供にしか見えなかったが、努力を積み重ねてきたことを、よく知っている。力の腕輪がうまく調整できた時は、いつもコッソリと見せに来てくれていた。

だから、今さらゼグルスにそんな条件を出されなくても、手を貸したいと思っている。

しかし、苦虫を噛み潰《つぶ》したような表情を浮かべるゼグルスは、納得できない様子だった。

「貴族のお前にはわからないだろうが、平民のリオンを守るためには、必要な取引だ。付与してほしければ、黙って条件を飲め。どうせお前に望むことなど、それ以外に何もない」

「……わかった、それでいいだろう。今後、もしリオンが力の腕輪を完成させたら、俺が後ろ盾になることも約束しよう」

「ほお。随分と気前がいいことを言うんだな」

「馬鹿を言うな。対等な条件を提示しただけのことだ」

俺の言葉に納得したのであろうゼグルスは、形成領域を展開して、作業に取り掛かり始めた。

難度の高いミスリル鉱石にもかかわらず、ゼグルスはそれをものともせず、流れるように作業を進めていく。

魔力を大きく消耗しつつも、俺の倍以上の速度で作られる様子を見て、ゼグルスの腕前は認めざるを得なかった。

「おい、トンチンカン。一つだけ言っておくが、この設計のままでは、付与の効果を最大限に活かせないぞ。もっと弓を大きくしろ」

「馬鹿を言うな。ただでさえ、ミスリル鉱石を用いた武器は扱う者を選ぶ。これ以上サイズを大きくすることはできない」

「それはこのまま作った場合の話だろう。最初のイメージから形状を変化させて、装備者の負担を軽減する方法も考えられないのか？　……悪いな。その程度の能力しか持たない者が、宮廷錬金術師をやっているとは思わなかった。忘れてくれ」

「……いいだろう。その安い挑発に、あえて乗ってやる。難解な付与作業になって、後で吠《ほ》え面《づら》をかくなよ」

「フンッ、お前と一緒にするな」

ゼグルスの協力を得た今となっては、恥をかくような真似はできない。

意地でも完成させてやろうと思い、俺は必死に形成の作業を続ける。

それを見たゼグルスは、何か思うところがあったのか、手を止めた。

「急ぎで終わらせたいのであれば、付与作業の補佐をリオンにやらせろ。あいつは難解な作業の経験が多い分、時間を大幅に短縮させる術を持ち合わせている」

「ダメだ。リオンは今、別の仕事に取り組んでいる。この作業を手伝わせるわけにはいかない」

「それなら、最低でも三週間はみておくんだな。俺の工房でミスリル鉱石の付与を補佐できる者は今、違う仕事に手一杯だ。魔力量が豊富な奴でもいれば、なんとかなるかもしれないが……。あいにくとそういう者もいないんでな」

再び形成作業を始めたゼグルスは、相変わらず流れるように作業を進めていく。

これだけの腕前を持ち合わせていても、優秀な補佐がいないと、付与に時間がかかるようだ。

しかし、ミーアたちのことも気になるため、あまり時間をかけたくはない。

ゼグルスには強く反発される気がするが、作業ペースを上げてもらう方向で検討してもらうとしよう。

「リオンの代わりに、俺がお前の補佐をやろう。専門外であったとしても、それくらいのことはできるはずだ」

今まで見たこともないほど険しい表情を浮かべたゼグルスを見て、自分を取り巻く環境だけではなく、俺自身が変わり始めていることを悟るのであった。

破魔の矢

破邪のネックレスが完成した翌日。魔装具が作れると確信した私たちは、破魔の矢の製作に挑んでいた。

ヴァネッサさんが途中まで製作してくれていた破邪のネックレスとは違い、破魔の矢は最初から最後まですべて自分たちの手で作らなければならない。そのため、工房の総力を挙げて取り組んでいる。

困難を極める作業なのは間違いなく、素材の下処理をしてくれているクレイン様でさえ、慣れないことに苦戦しているような状態だった。

「ミスリル鉱石とユニコーンの角を素材のベースにしようと思っていたんだが、扱い方が難しい。ホーリーロックの爪を媒介にして、魔力の安定性を向上するべきだろう」

「そのあたりの難しい判断はお任せします」

「わかった。可能な限り、作りやすいように調整しておこう」

ひと手間もふた手間もかけることになるが、失敗して作れなくなるよりはいい。貴重な素材を無駄にはできないし、まだまだ不安要素があるので、時間をかけて作ろうと思っていた。

そんな不安要素の一つである付与について調べているリオンくんが、資料を片手に持ったまま近づいてくる。

「魔物の素材を複数使用するのであれば、付与する前にミーアさんの魔力を浸透させて、馴染《なじ》ませましょう。ヴァネッサ様が破邪のネックレスを作ろうとした時も同じことをしています」

「わかりました。では、形成と付与で二つの魔力路を作る前に、その工程を取り入れましょう。あと一つ不安なことがあるんですけど……」

「どうされましたか？」

「魔物の素材を使用して錬金術を行うのは、今回が初めてなんですよね。何か注意点とかありますか？」

「見習い錬金術師らしい悩みですが、特に気にする必要はありません。そのためにクレイン様が丹念に下処理をしてくださっているので」

「そうですか。じゃあ、私は形成と付与の作業に集中します」

「はい。付与の方も可能なところは僕がサポートしますよ」

「よろしくお願いします。頼りにしていますね」

三人で一歩ずつ前に進むように、着実に破魔の矢を作り上げていく。

慌てない、失敗しない、丁寧に作り込む……そんなことを意識して作り続けていくが、貴重な素材を使った錬金術は、本当に難しい。

あーだこーだと言いながら、クレイン様に聞いたり、リオンくんに手伝ってもらったり、二人に調べてもらったりして、作業を一心不乱に続けていった。

すると、日が暮れる頃には、なんとか破魔の矢の土台部分が完成する。

細身のボディと大きめの矢尻が特徴的な矢で、ずっしりと重い。まだ付与をしていない影響か、潜在的な力は眠ったままで、破邪のネックレスのような異様な雰囲気はなかった。

二人の協力もあって、ここまで作れたのであれば、きっと完成させることができるはず。後は神聖錬金術で仕上げをして、古代錬金術で作られた魔法陣を壊そう。

「よしっ！　二つ目の魔装具を作るぞー！」

やる気に満ちた私は、破魔の矢の製作に意気込むのだが……。

クレイン様とリオンくんに、なぜか白い目を向けられてしまう。

「本当に大丈夫か？　朝から錬金術を続けているだけでなく、もう夜になるんだぞ」

「そうですよ。慣れない作業をしている時は、無理をしてはいけません。焦りは禁物です」

どうやら自分たちだけで魔装具を作るという偉業に対して、過剰に興奮していたらしい。

大きく前に進んだことが嬉《うれ》しくて、すっかり時間を忘れてしまっていた。

「ああー……確かに危ないかもですね。このままでは、魔力切れしそうな気配も……」

神聖錬金術で倒れた経験があるのに、自分で体調管理もできないとは、情けない。

錬金術に夢中になりすぎると、周りだけでなく、自分のことまで見えなくなるんだと反省する。

「変なところだけは、見習い錬金術師だな」

「本当ですよ。あんなすごい錬金術が使えるのが、まるで嘘《うそ》みたいです」

二人にブーブーとぼやかれてしまうけど、破邪のネックレスを完成させた時は、しっかりと褒めてもらっている。

特に、神聖錬金術のことは話していなかったリオンくんには『すごかったですよー！　ミーアさんっ！』と、子犬化して見えない小さな尻尾を振り回してくれていたほどだ。

目を輝かせるリオンくんに尊敬の眼差《まなざ》しを向けられ、温かい眼差しを送ってくださるクレイン様に労《ねぎら》いの言葉をもらい、最高の環境で過ごしていたはずなのに……。

今となっては、その二人にジト目を向けられる始末であった。

「やはり、リオンの助力が必要だな。俺は他にまだやることがあるから、ミーアが無理しないように見張っていてくれ」

「わかりました。ミーアさんが魔力切れを起こさないように、目を光らせておきます。どのみち付与の作業は補佐しようと思っていたので、任せてください」

「頼むぞ。相手はミーアだからな」

「大丈夫です。ミーアさんは、もう格上の錬金術師だと思っていますから」

変なところで意気投合する二人に見守られながら、私はこの日の作業を終えるのであった。


魔装具の土台が完成した翌日。しっかり休んで魔力を回復させた私は、破魔の矢を完成させるべく、神聖錬金術を展開していた。

二つの魔力路を作るために形成と付与を多重展開して、まずは魔装具になる条件をクリアする。

このあたりは神聖錬金術だと制御しやすいのか、コツをつかみ始めたのかわからないが、順調に進んでいった。

しかし、一つ目の魔力路に付与を施した後から、状況が一変する。

まるで、暴れ馬を手懐《てなず》けようとしているかのような感覚に陥り、苦戦を強いられてしまっていた。

「ちょ、ちょっと中断します。予想よりも遥《はる》かにしんどいです」

神聖錬金術を使っていても、ゼエ、ゼエ、と肩で息をするくらいには、うまく付与できない。

破邪のネックレスと同じように、二つ目の魔力を付与する作業は困難を極めていた。

思わず、疲れ果てて腰を下ろしていると、リオンくんが休憩を促すようにお茶を持ってきてくれる。

「一筋縄ではいかないみたいですね。もしかしたら、一つ目の魔力路に付与した魔力が、二つ目の魔力路に干渉しているのかもしれません」

「二つの魔力が反発し合って、付与作業を妨害されている、ということですね」

「もともと素材に使ったミスリル鉱石やユニコーンの角の魔力も含まれているので、全体のバランスを保ちながら、付与する必要があるんでしょう。そのためには、かなり緻密な魔力操作が求められるんだと思います」

リオンくんが言いたいことは、私にもなんとなく理解することができる。

きっと僅《わず》かにバランスが取れていないだけでも、作業に影響を与えるようなシビアな問題に繋《つな》がるんだと感じていた。

「僕も力の腕輪で苦労しましたが、錬金アイテムと素材の相性もありますし、魔力同士が干渉して悪さを起こす場合もあります。付与作業においては、よくある話ですよ。魔装具のような強力なアイテムを作ろうとすれば、その影響が顕著に出てくるんだと思います」

「確かに、破邪のネックレスと比較すると、製作途中の破魔の矢は付与が粗いと感じますね。まさか神聖錬金術を用いても、ここまでヴァネッサさんと魔力操作の技術に差が出るとは思いませんでした」

「仮にも、ヴァネッサ様はAランク錬金術師でしたからね。三日三晩かけて作り上げたものと比較したら、さすがに差が生まれると思いますよ」

「あんな緻密な魔力操作をしていたら、完成する前に心が折れてしまいます。今回は神聖錬金術で行う作業を分割して、反動に耐えながら、少しずつ完成を目指す形にしましょうか」

はぁ～、と大きなため息をついた私は、魔装具づくりの難しさを痛感する。

クレイン様とリオンくんに補佐してもらわなかったら、もっと厳しい状況に陥っていたに違いない。自分だけの力で魔装具を作る日は、まだまだ先になると悟った。

その証拠と言わんばかりに、神聖錬金術を使い続けた後は、肉体的にも精神的にも大きく疲弊している。

短期間のうちに魔力を大量に消費することで、体内のエネルギーが枯渇するみたいだ。

「お茶菓子が欲しいですね……」

急激な魔力の消費による反動で、無性に甘いものが食べたくなってしまう。

オババ様の甘いもの好きは、神聖錬金術でエネルギーを消費しすぎた影響なのかもしれない。

彼女が和菓子ばかり食べるのは、完全に好みの問題だと思うけど。

そういえば、この前の差し入れに持っていった栗饅頭《くりまんじゅう》、おいしそうだったなー。

……よしっ、今日は仕事帰りに栗饅頭を買って帰ろう。

そんなことを考えながら、私はリオンくんが持ってきてくれたお茶をいただく。

さすがに職場には持ち込めないよね……と、栗饅頭のことで頭が埋め尽くされるのであった。


神聖錬金術を使い続けて、四日が過ぎる頃には、破魔の矢の付与も終盤を迎えていた。

作業を分割していたこともあり、付与した魔力にムラが出てしまい、それぞれの繋ぎ目がうまく合っていない。無理に繋げようとすると、魔力路が壊れたり、付与が剥《は》がれたりする恐れがあったため、慎重に修正している。

もう少しで完成するとわかるだけに、もどかしい。でも、ここで失敗するわけにはいかないので、緊張感をもって対処に当たっている。

逸《はや》る気持ちを抑えながら、丁寧に修正作業に勤《いそ》しんでいると、徐々に魔力同士が反発しなくなっていった。

自然と作業ペースが上がり、順番に魔力路を繋げていくと、ついに待ち望んだ展開が訪れる。

魔力の流れが活発化して、強力なエネルギーを生み始めたのだ。

リオンくんと顔を合わせ、一緒に頬《ほお》を緩ませた途端、矢はすぐに破邪のネックレスのように異質なオーラを解き放つ。

「うおおおお！　できた――――！」

「うおおおお！　できた――――！」

金色にも銀色にも輝く魔装具、破魔の矢がようやく完成した。

これには、さすがにリオンくんと同調して喜ぶしかない。

「魔法効果を受け付けないオーラがありますね」

「魔法効果を受け付けないオーラがありますよ」

ほらっ、言いたいことが被《かぶ》った。きっと感性が似ているんだろう。

こういう時にクレイン様がいたら笑われてしまうが、今日は工房に姿を見せていない。魔装具の素材の下処理を終えた後から、留守にすることが多くなったような気がした。

クレイン様の力もあって完成したものだし、早く一緒に喜びを分かち合いたい。

なにより、これで長く続いた調査依頼を終わらせることができるのだ。

「後はあの魔法陣を射貫《いぬ》けば、魔物の繁殖騒動に終止符が打たれ、王都に本当の平和が訪れ……ん？　あの魔法陣を、射貫けば……？」

猛烈な違和感に襲われた私は、言葉に詰まってしまう。

破魔の矢を作れば、古代錬金術を壊せるものだと思い込んでいた。しかし、普通に矢を放とうとしたら、必然的に弓を使うわけであって――。

「もしかして、弓も必要になります？」

「あっ……気づいてしまわれましたか。破魔の矢を使おうと思えば、強靭《きょうじん》な矢の力に負けない弓が必須ですね」

「えええっ！　せっかくできたと思ったのに……」

魔装具を作り終えたばかりの私は、破魔の矢の製作で精魂尽き果ててしまい、その衝撃的な事実を受け入れることができなかった。

破魔の矢の負荷に耐えられる弓を作ろうとしたら、また素材を調べるところから始める必要がある。

今の私は神聖錬金術を使い続けたこともあり、風邪を引いたかのように体が重いため、頭の痛い話だった。

気づかなかった自分が悪いとはいえ、このまま弓の製作に取り掛かるのは、肉体的にも精神的にも難しい。魔装具づくりという大任を終えた身としては、少しくらい羽を伸ばしたかった。

せめて、魔装具を作ったご褒美にプリンを食べさせてほしい。ちょっと贅沢《ぜいたく》に生クリームが添えられているものを食べられたら、気持ちを改められる気がする。

すっかり甘いものに心を奪われた私がうな垂れていると、工房の扉が開き、クレイン様が入ってきた。

何やら大きな荷物を持っているが、これは……！

「弓ですか!?」

「ああ。ミーアが破魔の矢で手一杯になることを考慮して、弓はこっちで作っておいた。一度や二度であれば、破魔の矢の力にも耐えてくれるだろう」

そう言って見せてくれたのは、ミスリル鉱石で作られた銀灰色に光る大弓だ。

重厚感のあるデザインで、しっかりと磨き上げられていて、光沢がある。温かいオーラを放つように高濃度の魔力が付与されているため、魔装具にも劣らない立派なものに見えた。

「い、いつの間にこのようなものを……？」

「ミーアばかり活躍していたら、宮廷錬金術師の地位を奪われかねない。これくらいの仕事は当然のことだ」

さも当たり前のように言うが、クレイン様の目の下に大きなクマができているので、かなり困難な作業だったに違いない。

きっと工房を空けていたのも、私の作業を邪魔しないように気遣い、違う場所で作ってくれていたんだと思う。

破魔の矢ばかりに目がいっていた私とは違い、クレイン様はしっかり周りを見てフォローしてくれているんだなーと実感した。

「ところで、リオンくんは驚いていないみたいですけど、このことを知っていたんですか？」

「途中からですけどね。実は、とある方に付与作業の補佐をするように頼まれたんですけど、クレイン様が無理やり代わりに――」

「ンンッ！　リオン、余計なことは言わなくてもいい。あれは奴の教え方が悪く、時間がかかっただけだ」

とても不機嫌そうな顔をするクレイン様とは違い、リオンくんはクスクスと笑っている。

二人だけの秘密みたいな気がして、もどかしい気持ちが生まれてしまうが……。

今は破魔の矢が使用できる条件が整ったことを素直に喜ぼう。

クレイン様も話題を変えたいようだから、聞かないでおくことにした。

「これで俺たちは、無事に国王陛下の特別依頼は遂行できたが、まだ調査依頼が残っている。古代錬金術のことを考慮すると、可能な限り早く出発して、魔物と瘴気《しょうき》を生み出す魔法陣を破壊するべきだ。国王陛下には、護衛騎士の手配をするついでに俺が報告しておこう」

「そうしていただけると助かります。さすがに神聖錬金術を使った後は、ゆっくりと休みたいんですよね」

「今は問題の解決を最優先にする。調査依頼を終えたら、改めて報告に行けばいい。ひとまず、ミーアは調査依頼の再出発に向けて、休息を取ってくれ。連日の神聖錬金術で大きな負担がかかっているはずだ」

「わかりました。今日はしっかりと羽を休めたいと思います」

「ああ、ご苦労だったな。リオンも同じように休んでもらいたいところだが、書類関係の仕事や荷物を運ぶ手伝いを頼みたい。さすがに俺の体力がもちそうにないからな」

「僕は魔装具づくりに携わった高揚感の方が大きいので、全然大丈夫ですよ。工房の後片づけもしておきますね」

上機嫌のリオンくんは、疲労が蓄積していないのか、テキパキと動き始める。

破魔の矢を横目で眺めながら、付与に用いた不要な素材を処分していた。

最初から最後まで一緒に製作したとはいえ、完成した破魔の矢に興味があるんだろう。魔法陣の破壊に使用した後はどうなるかわからないから、今のうちに観察しておきたいのかもしれない。

そのことがよくわかるように、リオンくんは目を輝かせて、クレイン様の方を向いた。

「破魔の矢と大弓を馬車に運ぶのは、明日でもよろしいですか？　や、やっぱり盗難や紛失が起こることも考えられますので、今夜はセキュリティーがしっかりしている宮廷錬金術師の工房で保管しておいた方がいいですよね！　そうですよね!!」

「ま、まあ、それは構わないが……。ちゃんと家には帰るんだぞ？」

「……はい」

顔を逸《そ》らすリオンくんを見れば、今日は魔装具を観察するために工房に泊まり込むんだろうなーと、察してしまうのであった。


クレイン様とリオンくんの気遣いもあり、私は疲労困憊《こんぱい》の体を動かして、一足先に工房を後にする。

神聖錬金術による体の疲労がありながらも、頭の中はとあることでいっぱいだった。

「帰り道でプリンは絶対買うとして、魔装具の完成祝いにアップルパイの購入も検討したい。でも、さすがに二つも食べるのはよくないか……」

すっかり甘いものが頭から離れなくなり、仕事帰りにお菓子屋さんに立ち寄る癖がついていた。

宮廷錬金術師の助手は高給なので、たとえ毎日通ったとしても、金銭的な問題はない。婚約破棄して体型を気にする必要がなくなったこともあり、ダイエットなんて二度としないとも思っている。

しかし、あまり贅沢な生活に慣れるのはよろしくない。

このまま自分の気持ちに素直に生きていたら、貴族令嬢らしさがなくなり、欲に溺れそうな気がして怖かった。

「……でも、せっかく破魔の矢が完成したんだから、自分へのご褒美はあるべきだと思うんだよね。明日からの調査依頼に気合いを入れるためにも、今日だけは大目に見よう」

なんだかんだで正当な理由を作った私が、今日のご褒美を二つも買うと決めた時、ふと見知った顔が目に映る。

それは、箱を抱えて王城の外壁にもたれかかり、誰かを待つゼグルス様だった。

私の姿を確認して近づいてくるあたり、今度は待ち伏せていたみたいだ。

「今回はちゃんと用があるみたいですね」

「トンチンカンがいる場所では、満足に話ができんだろ」

「それは当人同士の問題だと思いますが、まあ、そうですね」

ゼグルス様が威圧的な態度さえ取らなければ、クレイン様ももう少し落ち着くと思う。

でも、それは無理な話かもしれない。以前会った時のゼグルス様はもう少し穏やかだったのに、今日は私に対しても威圧的だった。

「率直に聞く。バーバリル様とは、どんな関係だ？」

「店主と客の関係ですけど」

「馬鹿を言うな。あのお方は国を代表するほどの偉大な錬金術師だぞ。ひよっ子に魔装具を製作させるなど、普通に考えてあり得ない」

もしかして、賄賂とか口利きを疑われてるのかな。オババ様はそんなものを受け取るような人ではないし、貴族を特別扱いするような人でもない。

甘いものを差し入れして、話し相手になっているくらいで、特別扱いしてくれるような人でもなかった。

「普通に考えてあり得ない話でも、オババ様ならあり得ると思います」

「減らず口を。目に見える形で実績を作り上げてきた俺と、見習いのひよっ子を比較したら、どちらが魔装具の製作に着手するに相応《ふさわ》しい人間か、一目瞭然《いちもくりょうぜん》だったはずだ」

それはその通りだと思う。ゼグルス様は宮廷錬金術師の地位だけでなく、男爵位を得るほど実績をあげているのだから。

国王様の私室で話し合いをした際も、わざわざゼグルス様を呼んでいたことを考えたら、国からの信頼も厚い。

今回の魔装具の製作依頼に関しては、私ではなく、ゼグルス様が任されるべきだった。

それだけに、見習い錬金術師に出番を取られたら、怒りたくなる気持ちもわかる。

「だが、現実にバーバリル様は迷うことなく、ひよっ子を選んだ。力の腕輪を形にしたリオンでもなく、だ」

至極真っ当な意見を述べるゼグルス様の言葉は、明らかに正しい。普通は誰もがそう考えるし、私も彼の意見に共感している。

しかし、相手がオババ様となれば、話は別だ。彼女は普通が通用する相手ではない。

仮にゼグルス様が魔装具を作れる腕前を持っていたとしても、あの場に私がいた時点で、彼がその製作者に抜擢《ばってき》されることはなかったはず。

だって、宮廷錬金術師が作るよりも、見習い錬金術師の私が作った方が面白そうだから。

こんなふうに悔しがるゼグルス様の姿を想像しながら、甘いものを食べることがオババ様の趣味みたいなものだった。

彼女がそういう人だと知らない時点で、私はゼグルス様を納得させる術《すべ》を持たない。

それなのに、なぜかゼグルス様が諦めたように大きなため息をついた。

「ひよっ子も貴族である以上、何か裏で手を回したに違いない……そう思っていたんだが、どうやら俺の目が曇っていたらしいな」

肩の力を抜いたゼグルス様が威圧的な態度を緩めると、その視線は一点に注がれる。

「以前から気になっていたが、どうしてひよっ子がヴァネッサのネックレスを身につけているんだ？　それも、今や完成された魔装具の状態で、だ」

もう少し早くゼグルス様と会っていたら、厳しく問われていたかもしれない。でも、今は違う。破邪のネックレスを完成させたことで、魔装具が製作できると証明したのだから。

思わず、私は破邪のネックレスをアピールするように胸を張った。

「信じられないかもしれませんが、最近付与して完成したばかりです」

「本当に信じられないことを言うものだな。冗談なら笑えないぞ」

「冗談で言ったつもりはありません。リオンくんに聞いていただければ、ハッキリすると思いますよ」

完成した破邪のネックレスを見つめるゼグルス様は、さすがに嘘ではないと思ったんだろう。頭をポリポリとかいて、ばつの悪そうな表情を浮かべた。

「その役目も俺が負うはずだったんだがな……」

ボソッと呟《つぶや》いた彼を見て、私は首を傾《かし》げた。

いくら交友関係があったとしても、ゼグルス様が破邪のネックレスを完成させる義理はない。

ヴァネッサさんの弟子だったリオンくんも預かってるくらいなのに……あっ！　もしかして！

「ヴァネッサさんと交わした裏取引って、破邪のネックレスを完成させることだったんですか？」

「おい、あまり大きな声で言うな。俺にも立場というものがある」

「す、すみません」

幸いにも人通りが少なく、誰も聞いていなかったみたいだ。

いくらヴァネッサさんが教えてくれたことでも、こういう話にあまり首を突っ込むべきではない。

しかし、ゼグルス様は深く気にするような様子を見せなかった。

「結界の技術を応用して魔装具を作る、それがヴァネッサの出した裏取引の条件だ。実際には、何度挑戦してもうまくいかなくて、詫《わ》びを入れる羽目になったがな」

「それで私の元に回ってきたんですね。てっきりリオンくんの面倒を見ることが、条件に提示されているものだと思っていました」

「そっちはヴァネッサの口車に乗せられただけだな。リオンを引き取ったら、もっと早く技術を身につけられる、と。当時はまだ子供だったリオンが、優れた技術を持ち合わせているとなれば、さすがに断れなかった。若い芽を摘んでしまっては、この国に未来はないからな」

ゼグルス様はそう言うが、実際にはリオンくんを引き取ってもらうことが、ヴァネッサさんの一番の目的だったんだと思う。

あくまでリオンくんの意思を尊重するため、裏取引の条件に提示せず、ゼグルス様から助手に誘うように仕向けたんだ。

清めの護符を渡したヴァネッサさんと、結界石を肌身離さず持ち歩いているリオンくんを見れば、そのことがよくわかる。

ただ、そうなると、ヴァネッサさんが持つ錬金術師としての未練、というのがわからなくなってしまう。

弟子の成長を見届けられないことが一番悔しいのではないだろうか。いまだに彼女が魔装具にこだわる理由はないような気がした。

「ヴァネッサさん、本当に錬金術師に未練があったのかなー……」

そう私が呟くと、ゼグルス様に鼻で笑われてしまう。

「魔装具は錬金術師の憧れであり、希望だ。魔装具の製作を断念したヴァネッサに、未練など存在しない」

「では、どうして錬金術師を引退した後でも、破邪のネックレスを完成させようとしていたんですか？」

「気持ちが迷子になっただけだな。どれだけ才能があったとしても、錬金術を続けようと思えるかは、別の話だ」

「は、はあ。迷子、ですか……」

「これ以上のことを言うつもりはない。本当にひよっ子に魔装具を作れる資格があるのなら、いずれ同じ壁にぶつかるはずだ。後は自分で考えろ」

みんな肝心なところは教えてくれないんだなーと思っていると、ゼグルス様が持っていた箱を差し出してきた。

「ついでだ」

なんだろう……と疑問に思いながらも、箱を受け取り、中身を確認してみる。

そこには、いくつかのポーションが入っていた。

「これは、浄化ポーション……？　もしかして、魔装具を作る私たちの代わりに作ってくださったんですか？」

決して数が多いわけではない。しかし、調合を専門としない錬金術師が浄化ポーションを作ろうとしたら、かなり骨の折れる仕事になるだろう。

瘴気が広がり続ける現状では、一本でも多くの浄化ポーションが望まれている。魔法陣を破壊した後にも瘴気を処理する必要があるので、とてもありがたい贈り物だった。

本当はオババ様との関係を聞くのが目的ではなく、浄化ポーションを渡すために待っていたのかもしれない。きっとゼグルス様なりに激励をしようとしてくれていたんだ。

「勘違いするなよ。とある仕事を引き受けた際、うちの工房に所属する連中が、勝手に盛り上がって作り始めただけだ。工房の保身をはかるという意味では間違っていなかったため、許可することにした」

不満を口にしたゼグルス様は、とても不機嫌そうな表情を浮かべている。

それが先ほど見たクレイン様の姿と重なるだけでなく、ゼグルス様の目の下にも大きなクマがあった。

どうして二人とも寝不足なんだろう、と疑問を抱いていると、遠くから大声で話す三人の男性が近づいてくる。

なにやら良いことがあったみたいで、興奮冷めやらぬ様子だった。

「まさかクレイン様とゼグルス様が手を取り合う日が来るなんてな！　最高の時間だったぜ」

「あれで付与は専門外なんだから、やっぱりクレイン様はすげえよ。あのレベルの大弓を短時間で付与するなんて、補佐するだけでも大変だぜ？」

「あの若さで宮廷錬金術師なのも、頷《うなず》けるよな。いや〜、いいものを見せてもらったぜ。お礼と言ってはなんだけどさ、俺らが作った浄化ポーション、喜んでもらえると……」

私の知らない事情を知っているであろうゼグルス様の工房の関係者らしき人たちは、ただならぬ気配を感じたみたいで、ピタッと立ち止まる。

そして、明らかに不満げなゼグルス様の怒りの形相に気づいたみたいで、ピューッと走り去ってしまった。

どうやらクレイン様が持ってきてくれた大弓は、ゼグルス様との共同製作だったらしい。

あれだけ喧嘩《けんか》ばかりしていた二人の宮廷錬金術師が協力して作り上げたものであれば、ゼグルス様の工房が盛り上がったというのも納得がいった。

クレイン様が自分の工房を空けていたのも、ゼグルス様の工房で作業していたからに違いない。

でも、本人たちが頑《かたく》なに話そうとしないので、深く詮索《せんさく》しないでおこう。

特にゼグルス様は、苛立《いらだ》ちを抑えきれていなくて、眉間にグッとシワを寄せていた。

「王都の結界に異常はなかったが、再び魔物が繁殖すれば、信用が失われてしまう。国王陛下が他にも解決策を探している以上、誰かが時間稼ぎをせねばならんだろ。それで許可しただけだ」

「ふふっ、そうでしたか。ありがとうございます」

「礼を言われる筋合いはない。うちの工房の評価を上げようとした結果だ」

ヴァネッサさんから好かれ、リオンくんが師事している理由が、今なら少しわかった気がする。

ゼグルス様はとても不器用なだけであって、文句を言いながらも、なんだかんだで手助けしてくれるような面倒見のいい人なんだと思った。

破魔の矢を製作してから一夜が明けると、再び調査依頼に向かうべく、私たちは馬車に乗って王都を出発した。

昨日は仕事を早めに切り上げさせてもらったおかげか、体が軽い。馬車で移動することもあって、良い気分転換になっていた。

一方、疲労が隠せないクレイン様は、出発してからすぐにウトウトしている。

時折、馬車の揺れでビクッと起きるものの、何度も夢の中へ旅立っていた。

今回の依頼で一番頑張っているのは、クレイン様で間違いない。

馬車の中で眠り呆《ほう》けるなんて、普段のクレイン様からは想像ができなかった。

「ゼ……グルス……。やって……るだろ……。お前こそ、処理が甘いぞ……」

どうやら夢の中では、まだゼグルス様と弓を作っているみたいだ。いろいろな意味で苦戦しながら、弓を作ってくださったんだと思う。

そんなクレイン様を見守りながら、リオンくんと一緒に微笑《ほほえ》ましい気持ちを抱いていると、あっという間に時間が過ぎていった。

破魔の矢が完成したこともあり、浮かれ気分のまま進んでいたものの、再び騎士団の野営地を訪れると、状況は一変する。

以前と野営地の雰囲気が、まるで違う。思っていた以上に瘴気の広がりが早いみたいで、街道付近に設置してある天幕にまで霧が侵食していた。

まだまだ霧も瘴気も薄いとはいえ、あまり良い状況とは言えない。騎士団も疲労の色を隠せていないし、浄化ポーションが入っていた積み荷もほとんど開けられていて、あと僅かしか残っていないような状態だった。

こんな状態で魔物が繁殖したら、今度こそ王都に大きな被害をもたらしてしまう。

仮にこの場で騎士団の壊滅を免れたとしても、瘴気や魔物を生み出す魔法陣が存在する限り、被害は増えるばかり。このまま霧の範囲が広がり続けたら、周囲一帯が魔物の巣窟《そうくつ》と化して、どんどん不利な状況に追い込まれてしまう。

国王様がオババ様に頭を下げて、なんとか解決しようとしていたのも、今なら理解できる。

一刻も早く魔法陣を破壊しなければならない。古代錬金術は、甚大な被害を生み出しかねない恐ろしいものなんだ。

魔法陣の脅威をヒシヒシと感じていると、クレイン様が積み荷から破魔の矢と大弓を取り出す。

彼の元に騎士団の指揮を執るお父様が近づいてくると、それらを受け取り、じっくりと確認し始めた。

親子の会話が少ない私たちにとって、こうして自分の作ったものを評価してもらう機会など、今までなかったかもしれない。少し恥ずかしい気持ちはあるものの、今日は堅物のお父様にいっぱい褒めてもらおうと思う。

大勢の騎士たちが息を呑《の》んで見守る中、大きな声でたっぷりとね！

娘が作った自信作の魔装具を、遠慮せずに絶賛してほしい！

「魔力がふんだんに込められたこの矢は、間違いなく魔装具と呼べるもの。国王陛下の懸念された瘴気も消し去ることができましょう」

本当はもっとベタ褒めしてほしいところだが、お父様らしく控えめな褒め言葉だ。

なかなか悪くないと思ってしまうあたり、私はすっかりと優越感に浸っている。

ふっふーん。まさかそんな代物を娘が中心になって作ったとは思わないだろう。種明かしをする時が楽しみだなー。

「扱うことができれば、の話ですが」

急に不穏なことを言い始めたお父様に、思わず私は詰め寄る。

「どういう意味ですか？　お父様も弓は扱えるはずですし、騎士団でも弓の訓練はしていますよね」

「無論、弓を扱える者は多くいる。だが、魔装具を扱うほど魔法適性に長《た》けたものは在籍していない」

「ま、魔法適性……？」

チンプンカンプンになった私は首を傾げる。

しかし、クレイン様は予想していたことなのか、納得するように大きなため息をついていた。

「やはりこうなったか……」

もはや、種明かしをしてお父様を驚かせるような状況ではない。

予想外の展開に取り乱した私は、今度は反射的にクレイン様に詰め寄った。

「どういうことですか？　弓を扱える人がいるのに、破魔の矢が使えないだなんて」

「本来、鍛冶師《かじし》が作る武器は物理攻撃力が高く、適切に扱うには筋力や関節の柔軟性を必要とする。ところが、錬金術師が作る武器は魔法効果が高く、魔力の扱いに慣れた者でないと、その力を適切に引き出せないんだ」

「そ、そんな……。でも、リオンくんの力の腕輪は騎士団の方も使っていましたよね」

「武器と防具の違いとも言えるだろう。力の腕輪や破邪のネックレスは誰でも装備できるが、破魔の矢は違う。その強靭な魔力に耐えうる弓……つまり、魔法耐性のある武具を作らないといけないほどだからな」

なるほど、消費する魔力量やエネルギーの質の問題なのか。

自分の魔力を流す力の腕輪は、必要な分だけ力を得ることができる。常時発動型の破邪のネックレスは、魔力が循環してエネルギーを生み出す仕組みだから、装備しても負担はない。

でも、神聖錬金術で付与した力を最大出力で解き放つ破魔の矢は違う。

破魔の矢の魔力を操る術者の魔法適性と、その強すぎる反動に耐えうる弓の魔法耐性がないと、そもそも矢を放つことすらできないんだ。

「つまり、めちゃくちゃ暴れん坊な武器、ということですか？」

「簡単に言い表すと、そういうことになるな。使いこなすためには、破魔の矢と弓と術者の魔力を同調させ、うまく制御する必要がある」

諸刃《もろは》の剣《つるぎ》とは、このことか。強力な武器だとは思っていたけど、まさか術者を蝕《むしば》むほどの力を秘めているなんて、考えたこともなかった。

ただ、こんなことは見習い錬金術師の私が知らないだけで、クレイン様とリオンくんは知っていたと思うんだけど。

そんなことを考えていると、クレイン様がお父様に手を差し出した。

「今回は俺が矢を射よう。その可能性も考慮した上で足を運んでいる」

「……お任せしましょう」

宮廷錬金術師であるクレイン様が魔力の扱いに慣れているのは、間違いない。浄化ポーションの作成でも、一人だけ涼しい顔で作っていたくらいだ。

ただ、クレイン様は護衛される立場であり、戦闘とは無縁のように思える。

「クレイン様は、弓を使った経験があるんですか？」

「侯爵家で剣や弓の訓練を受けたことがある。久しぶりだが、魔力をフル活用すれば、補正を利かせて狙いくらいは定められるはずだ」

「錬金術だけでなく、そのような訓練もされていたんですね」

「騎士と比べられるほどの腕前ではないが、今回みたいなケースならうまくいく気がする。先ほど破魔の矢を手にした際、魔法陣と思《おぼ》しき嫌な気配も感じ取れた。破魔の矢の力を制御できれば、この場からでも十分に射ることができるだろう」

お父様から破魔の矢と大弓を受け取ったクレイン様は、集中力を高めるためか、ゆっくりと深呼吸をした。

最初から破魔の矢が完成したら、自分で射ると決めていたのかもしれない。馬車で仮眠を取っていたのも、みんなで作り上げたものを無下にしたくなかったからだと思った。

やがて、意を決したのであろうクレイン様は、破魔の矢を弦にあてがい、弓を構える。

その瞬間、神聖錬金術よりも強力なエネルギーが矢を覆い、周囲は緊迫した空気に包まれた。

「弓を引くだけで、オババが口を閉ざす理由を察してしまうな……」

ボソッと呟いたクレイン様は、破魔の矢に負けないように魔力を込め、弓を強く握り締める。

作った張本人が言うことではないが、人が制御できるものとは、到底思えない。

バチバチと雷が放電するかのように魔力が弾《はじ》け飛ぶ光景に、あまりにも強大な力を感じた。

ありとあらゆる魔法効果を打ち消す、破魔の矢。

それは、神の裁きを具現化したと思えるほどの力を解き放っている。

「放つぞ。何が起こるかわからない。念のため、衝撃に備えておけ」

私とリオンくんが頭を抱えてしゃがみ、騎士たちが身構える中、クレイン様の手元で破魔の矢の魔力が膨れ上がる。

それが放たれた瞬間、空間に亀裂が入るように甲高い音がした。


バリンッ！


破魔の矢が魔法陣の効果を破壊したのは、一目瞭然だった。

野営地を覆っていた霧が、霧散したわけではない。

目に映っていたはずの景色が、砕けてしまったのだ。

まるで、ヒビの入ったガラスが砕け散るような不思議な光景で、壊された魔力が煙のように立ちのぼっていく。

徐々に周囲が晴れていくと、何体もの魔物を目視できるほど繁殖していることが判明した。

「騎士団は広く展開して、周囲の安全を確保しろ。すべての魔物を討伐して、残った瘴気を速やかに浄化するぞ」

「はっ！」

お父様の指示で騎士たちが駆け出していく中、私は恐る恐る立ち上がる。

「本当に霧全体が魔法の影響を受けていたんですね……」

決して疑っていたわけではないが、破魔の矢が魔法効果を打ち消すところを目の当たりにすると、そう言わざるを得なかった。

「あのまま放っておいたら、周囲一帯が魔物の巣窟になっていたな。まさかこれほど脅威的なものだとは思わなかった」

「国王様が焦っていたのも、無理はありませんね。霧を隠れ家にしながら、瘴気を生成して魔物を繁殖させていたなんて、世間に公表できるような内容ではありませんよ」

錬金術師が作り出した、たった一つの魔法陣で、国の存亡に関わるほどの事態に陥る恐れがあったのだ。

この事実を公表すれば、ポーションで人の命を繋ぐ錬金術のイメージが一変してしまう。

大勢の人が錬金術に不信感を抱き、世界中の人々を混乱させる恐れがあった。

さすがにリメルディア王国の一存だけで決められることではない。

しかし、今回の事件が許されることではないのも、また事実である。

どこの誰の仕業かわからないが、自然災害に見せかけた人災など、敵対行為としか思えない。

他国の仕業なら、明確な侵略行為に該当して、戦争に発展する可能性がある。未知の犯罪組織の仕業なら、他国を巻き込むほどの国際問題に発展するだろう。

表沙汰にできない内容なだけに、どうやって対処するのかはわからないけど……。

そういった難しいことを考えるのは、偉い人たちに任せよう。

長期間にわたった調査依頼も、これでようやく終結を迎えるのだから。

そんなことを考えていると、不意にクレイン様の持っていた大弓がバキバキッ！　と、大きな音を立てて壊れ始める。

どうやら破魔の矢の負荷に耐えられなかったみたいだ。

「古代錬金術もそうだが、破魔の矢の性能も異常だな。環境に影響を与えるほどの魔法効果を、たった一度で破壊してしまった」

「もしかしたら、古代錬金術に対抗する一つの手段として、神聖錬金術が生まれたのかもしれませんね」

「魔物を生み出した古代錬金術と、魔装具を作り出した神聖錬金術、か……」

何かを考え込み始めたクレイン様は、深刻な表情で壊れた大弓を見つめていた。

私も錬金術師として活動するようになり、錬金アイテムがどれだけの想《おも》いと時間をかけて作られているのか、痛感している。

その苦労がわかるからこそ、弓が壊れたことに申し訳ない気持ちでいっぱいだった。

「すみません。せっかく弓を作っていただいたのに、破魔の矢のせいで壊れてしまいましたね」

「構わない。無事に破魔の矢を放ち、弓の役割を果たすことができたんだ。十分に価値のあるものだったと思う」

クレイン様の言いたいことは理解できる。でも、弓が壊れたという結果は変わらない。

あの喧嘩ばかりしていた二人の宮廷錬金術師が共同で作製したものと考えたら、余計に心がモヤモヤしてしまっていた。

まあ、それ以上に気になることもあるけど。

「クレイン様、手を見せてください。怪我《けが》をしていませんか？」

先ほどからクレイン様の手が、プルプルと震えている。

こんなことは今まで一度もなかったし、弓が壊れるほどの状況なら、それを制御していた手が無事とは思えなかった。

「……。怪我などしていない」

「今、変な間《ま》がありましたよ。怪しいですね」

「破魔の矢を放った疲れが出ただけだ」

「じゃあ、両手を広げて見せてください。疲れが出ただけで、怪我はしていないんですよね？」

「残念ながら、俺は人に手を見せる趣味がない。必要性を感じない限り、誰にも見せようと思わないタイプなんだ」

ゼグルス様と言い合っていた弊害だろうか。まるで子供みたいな言い訳しか出てこないクレイン様は、もはや、自分で怪我をしていると言っているようなものだった。

クレイン様が素直に言うことを聞いてくれないなら、私にだって考えがある。

なんといっても、この場には同じ感性を持つもう一人の私とも言える人物が存在するのだから。

破魔の矢の威力に誰よりも驚き、言葉を失っている彼の協力を得れば、すぐに捕まえられるはずだ。

「リオンくん、確保ッ！」

「はいっ！」

「お、おい！　ちょっと待て！」

背後に回ったリオンくんが手首に触れた瞬間、痛みが走ったのか、顔を歪《ゆが》めたクレイン様が弓を落とした。

その手の状態を見た私は、思わず目を逸らしてしまう。

皮膚が酷《ひど》く爛《ただ》れているように見え、とても痛々しい状態だった。

「痛そうですね……」

「これは、重度の魔力焼けですね。治るまで時間がかかるかもしれません」

魔法適性がないと魔装具は扱えない、とお父様が言っていたのは、こういうことだったのか。魔力操作がうまくいかないと、術者の体を蝕んでしまうんだろう。

クレイン様も手の状態がわかっていたから、見せないように気遣ってくれていたに違いない。

でも、自分の作ったものが使用者にどういう影響を与えるのかは、錬金術師として知っておかなければならないことだと思う。

その対処法も学ぶ必要があるため、もどかしい気持ちを抱きながらも、リオンくんに任せることにした。

「痕が残るようなことはないと思いますが、これは絶対安静が必要になりそうですね」

「心配するな。これくらいの魔力焼けなど、大したことはない」

「嘘はダメですよ。魔力焼けによる炎症はかなり痛いと聞いています。ヴァネッサ様が魔力焼けした時は、一ヶ月も休暇を取られていたんですから」

「それは休みすぎだろ。半分近くはズル休みだぞ」

「気分転換も仕事のうちですよ。この機会にクレイン様も休まれてみてはどうですか？」

……どうしてだろうか。私が師弟らしい関係を築きたいのに、またこの二人の方がそういう雰囲気を醸し出している。

見習い錬金術師にも、何か手伝えることがあればいいんだけど。

「レシピさえ教えてもらえれば、魔力焼けに効くポーションを作りますよ？」

「ミーアさんの気持ちはわかりますが、魔力焼けは自然治癒を待つことしかできません。ポーションでは治らないので、細心の注意を払わないといけないものなんですよ」

何もできることがないと悟った私は、クレイン様に白い目を向けることしかできなかった。

「私には無理するなと怒っていた割に、ご自身は無理をされるんですね」

魔物の繁殖騒動でＥＸポーションを大量生産していた時、私は無理をしないように釘《くぎ》を刺されていた。魔装具を作っていた時だって、何度もそう言われた記憶がある。

それなのに、師匠が守らないなんて、どういうことなんだろうか。

これはしっかりと反省してもらう必要がある。まずは錬金術から離れた生活をして、たっぷりと休養を取ってもらうべきだ。

そんなことを考えていると、なぜかリオンくんは誇らしげに胸を張っていた。

「でも、僕はクレイン様の肩を持ちますよ」

「珍しく意見が分かれましたね。どうしてですか？」

「男の意地、というやつですね。僕も男なのでわかります。やらなきゃいけない時って、ダメだとわかっていても体が動いてしまうんですよね～」

クレイン様の行動を思い返してみても、わざわざ好敵手のゼグルス様と協力したり、目の下にクマを作るほど集中して作業したりと、並々ならぬ思いで取り組まれていたのは、間違いない。

心境を解説されたクレイン様が恥ずかしそうに下唇を噛《か》み締めているので、男同士で思うところがあるみたいだった。

でも、なんとなくだけど……、リオンくんにはまだ早い気がする。

「リオンくんに男の意地と言われても、うまく伝わってこないんですよね」

「ええっ！　こういうのって、男にしかわからないことなんでしょうか」

「うーん。どちらかといえば、リオンくんって子犬みたいじゃないですか。だから、しっくりこないというか……」

「どうして僕がペット枠なんですか！　僕だって、意地を見せる時はありますよ。今回だって、付与を頑張って――」

「そうですよね。今回はたくさん補佐してもらって、頑張ってもらいましたね。ありがとうございます、よしよしっ」

「扱いが犬ですよー！　吠《ほ》えたわけじゃないんですー！」

キャンキャンと甲高い声をあげるリオンくんは、やっぱり子犬っぽく見える。

そんな彼のおかげで、破魔の矢でクレイン様の手を傷つけてしまった罪悪感が薄れていく気がした。

気持ちが和んだのは魔法陣を壊すという大役を終えたクレイン様も同じだったみたいで、優しい笑みを浮かべている。

「確かにリオンは、昔から子犬みたいな性格だったが……ふっ、あまり笑わせるな。子犬になった姿を想像すると、もはやそれにしか見えない」

「私は以前から、リオンくんに大きなモフモフの耳と尻尾が見えるような気がしていました。ほらっ、だんだんと見えてきませんか？　ブンブンと尻尾を振り回すリオンくんの姿が……」

「僕にそんなものはありませんよ！　ちゃんと人間ですからね！」

まだ魔法陣を壊したばかりで気が抜けない雰囲気だっただけに、リオンくんみたいに無邪気な子がいてくれるのは、本当にありがたい。

ちょっとからかいすぎたかなーと思いつつも、彼の明るさに助けられて、私たちの心が癒《いや》されるのを感じたのであった。

助手の先輩、リオンくん

魔法陣の破壊に成功した私たちは、騎士団に後処理を任せて、一足先に王都へ戻ることにした。

不穏な霧が晴れた影響は大きく、急激に魔物の討伐や瘴気《しょうき》の浄化が進むようになり、野営地の状況は一変している。

魔法陣の効果を打ち消した際、大勢の騎士が立ち会っていたこともあって、自然と彼らの士気も上がり、順調に終息へと向かっていた。

さすがに広範囲に大きな影響を与えるほどの魔法陣が、いくつも存在するとは考えにくい。現地で後処理をする騎士団も、事態は終息したと判断していた。

その証拠として、力を使い果たしてボロボロになった破魔の矢を国王様に献上することが決まっている。

後はこのことを国王様に報告して、事実確認を進めてもらえば、私たちの役目も終わる予定だ。

これで少しはゆっくりできる、と言いたいところだが……。

私には、まだやり残したことがある。報告や書類作成などで身動きが取れなくなる前に、どうしても行動しておきたかった。

そのため、馬車で王都に戻ってくると、私はすぐにクレイン様たちと別行動を取る。

雑貨店で小さな箱を買い、完成した破邪のネックレスをそこに入れた後、錬金術ギルドに足を運んだ。

相変わらずヴァネッサさんはカウンターで書類整理をしていたので、ゆっくりと彼女の元に近づいていく。

「書類整理もあと一息ですね」

「ラストスパートをかけているわ。今日中に終わらせないと、休日出勤しないといけないのよ」

「こまめに処理しないからですよ。休日出勤で済ませてもらえるだけ、ありがたいことだと思いますよ」

その通りだぞ、と言わんばかりに、壁からコッソリと覗《のぞ》くギルドマスターが頷《うなず》いていた。

どうやら定期的に確認に来ているらしい。ヴァネッサさんが真面目に仕事している姿に満足したみたいで、すぐに奥へ消えていった。

錬金術ギルドも大変だなーと思いつつ、私は受付カウンターの椅子に腰を下ろす。

「今日は納品に来たんですけど、受け取ってもらってもいいですか？」

「構わないわ。……あれ？　ミーアちゃんって、何か納品するような依頼を受けていたかしら」

「もう……。依頼を出した本人が忘れてどうするんですか」

実際に依頼を出されたわけじゃないけど、と思いつつ、ヴァネッサさんに小さな箱を差し出す。

あまり大きな騒ぎにしたくないので、私はゆっくりと彼女の顔に近づけた。

「魔装具の製作依頼、私に出しましたよね？」

頭でうまく理解できなかったのか、ヴァネッサさんは表情を固めたまま、私の胸元に視線を飛ばす。

しかし、そこに破邪のネックレスは存在しない。それが何を意味しているのか、彼女ならすぐに理解してくれるだろう。

ゴクリッと喉を鳴らしたヴァネッサさんは、僅《わず》かに震える手で小さな箱を受け取り、意を決して中身を確認した。

「……！」

信じられない、と言わんばかりの彼女の顔を見れば、その複雑な思いが伝わってくる。

短期間でできるはずがないと疑いたくなる気持ちや、自分が完成させられなくて悔しい気持ちを察してしまう。

しかし、それ以上に魔装具の完成を祝いたい気持ちで、胸が満たされているに違いない。

一人の錬金術師として追い求めていたものが、ようやく自分の手の中に存在するのだから。

でも、ヴァネッサさんは喜びをあらわにしたり、驚いて声を発したりしない。魔装具が作れたとなると大きな騒ぎになりかねないし、安易に聞いてはならないことだとわかっている。

そのため、私から話を切り出すしかなかった。

「二つ目の魔力路に付与した方法を知りたいですか？」

「教えて……くれるの？」

「いいえ、教えません」

ヴァネッサさんに魔装具づくりのヒントをもらった以上、本当は情報を共有したい。でも、神聖錬金術を展開して作ります、なんて言えるはずがなかった。

国王様に古代錬金術のことは口止めされているし、その対抗手段とされる神聖錬金術も、おそらく例外ではない。安易に情報を流せば、この問題に彼女を巻き込む恐れがあった。

もしヴァネッサさんが錬金術師に戻るのであれば、協力要請を出すこともあると思うけど……。こればかりはなんとも言えない。国王様やクレイン様の判断を仰ぐ必要があった。

「むう。ミーアちゃんって、そういう意地悪をする子だったのね」

「錬金術師を引退したヴァネッサさんに伝えて、無理をされても困りますからね。現役で活動していたら、お伝えしていたと思いますよ」

「もう知らないわ。ふーん、だ」

子供みたいにプクッと頬《ほお》を膨らませたヴァネッサさんの姿に、私はちょっぴり安心する。

今も錬金術に興味がなければ、教えてほしいとは思わないはずだ。本当に自分で作りたいと思っているから、聞きたいという感情が芽生えているんだろう。

あれだけ緻密な魔力操作で付与できるなら、なおさらのこと。神聖錬金術を用いなくても、魔装具を作り上げても不思議ではないほど、レベルが高かった。

神聖錬金術で作るはずのＥＸポーションが調合と形成の二重展開でできたように、きっと魔装具も——。

そう考えていた私は、ヴァネッサさんに聞いてみたいことがあった。

「ヴァネッサさんって、本当は魔装具が作れるんじゃないですか？」

形成と付与の二重展開を駆使して、自力で作れたような気がしてならない。ゼグルス様が『心が迷子になっている』と言っていたことを思えば、あながち間違いではないだろう。

「買い被《かぶ》りすぎよ。私は破邪のネックレスを完成させられなかったんだもの」

「リオンくんも言ってましたね。三日三晩かけて作ったたって」

「そうよ。もちろん、仮眠や食事は挟んでいたけどね」

一番疑問を抱いたのは、何年もかけて魔装具の研究を続ける錬金術の世界において、三日三晩という短期間で諦めたことだ。

私が破魔の矢を作った時だって、魔装具が作れるという確信があったのに、完成まで一週間もの時間を費やしている。

錬金術師の常識で考えたら、魔装具の製作を三日で打ち切ろうとするなんて、あり得ないことだった。

Aランク錬金術師が自身のプライドをかけて作るほどのアイテムなら、もっと長期間にわたって挑むべきである。

そんな短期間で自分の限界を見極めるものではなく、諦めるにしてはあまりにも早かった。

したがって、きっとヴァネッサさんは諦めたわけではないと思う。

私よりも遥《はる》かに高みにいる錬金術師だからこそ、大きな壁にぶつかり、立ち止まってしまったんだ。

「魔装具の潜在能力を肌で感じて、錬金術が怖くなりましたか？」

神の裁きとも言える破魔の矢の力を見れば、神聖錬金術と名付けられた言葉の意味を知ることになる。

ヴァネッサさんのような優れた錬金術師なら、魔装具を製作する途中で、その力の一端に触れていても不思議ではなかった。

人の命を救うために錬金術をしているはずが、その力の強さによって、人の命を奪う結果に繋《つな》がることもある。

そんな相反する状況を目の当たりにして、魔装具が作れなくなってしまったんだろう。

「……」

ばつが悪そうに苦笑いを浮かべるヴァネッサさんを見れば、そのことがよくわかる。

「ミーアちゃんは、怖くないの？」

「うーん、難しい質問ですね。錬金術にまったく恐怖心を抱かない、と言ったら嘘《うそ》になるかもしれません」

魔物を生み出す古代錬金術は恐ろしいものだし、神聖錬金術で作り出す魔装具も使い方によっては危険だと思う。少なくとも、魔装具は人に向けるようなものではないと断言できた。

だけど、正しい目的で使うのであれば、錬金術に怯《おび》える必要はない。

クレイン様が魔力焼けで負傷してしまったものの、私は破魔の矢を製作したことを後悔していなかった。

もちろん、破邪のネックレスを完成させたことも、持ち主に返したことも、後悔していない。

「どれだけ危険なものが作れたとしても、私が錬金術を好きな気持ちは変わりません。ヴァネッサさんも、それは同じなんじゃないですか？」

錬金術を嫌いになりたくないから引退した、そう思えてならない。そうじゃなかったら、破邪のネックレスの完成を望まないだろうし、錬金術に関わる今の仕事に就いていないと思う。

ただ、何年も現役を離れているヴァネッサさんが、自分の気持ちを素直に受け入れることができるかどうかは、別の話だ。

魔装具の持つ潜在能力に恐れを抱き、今までずっと葛藤《かっとう》して生きてきたんだから。

「もしもの話なんだけど……」

そう話を切り出したヴァネッサさんは、面と向かって言いにくいことなのか、私から目線を逸《そ》らした。

「ミーアちゃんの作った魔装具が、意図したこと以外に使われたら、どうするつもり？　たとえば、戦争の道具に使われたり、とか」

ヴァネッサさんが悩み続けているであろう問題を聞き、私は本当に根が優しい人なんだなーと思った。

清めの護符も、結界石も、破邪のネックレスも、すべて誰かを守るためのアイテムであり、決して人を傷つけるものではない。

彼女なりに答えを出して錬金術をしていたはずだったのに、魔装具が持つ潜在能力の高さに戸惑い、進むべき道を見失ってしまったんだ。

オババ様にも似たようなことを言われたことがあるし、ゼグルス様も力の腕輪は戦争に使うことを前提に話していた。

人を救うだけが錬金術ではなく、人の命を奪う錬金術も確かにあるんだと思う。

そのことは、破魔の矢もよく物語っていたけど……。

錬金術を怖がる必要なんてない。少なくとも私は、人の命を奪う目的で錬金術を学んでいるわけではなかった。

「実は私も、最初はヴァネッサさんと同じような気持ちがありましたよ。でも、そんなことを考えてもキリがない、ということに気づいたんです」

「……えっ？」

どうやら予想の斜め上の答えだったみたいで、ヴァネッサさんは呆気《あっけ》に取られてしまう。

「作ったアイテムを何に使うかなんて、製作者の立場からはわかりません。たとえ、それが戦争に使われようとも、です」

錬金術に対する責任から逃れたいとか、罪を背負いたくないとか、そういうことを言いたいわけではない。実際にそんなことが起きてしまったら、気分は最悪だろう。

でもそれが、錬金術をしない、という選択には、少なくとも私は繋がらなかった。

「製作物が悪用されないように努力することは大切だと思いますが、個人でできることには限界があります。だからこそ、国や錬金術ギルドの協力を得て、その対処に当たるべきです。製作者だからといって、一人で背負う必要はないと思いますよ」

幸いにも、リメルディア王国は古代錬金術を脅威と感じているため、魔装具を対抗手段とすることはあっても、それで戦争を起こすような真似はしないはずだ。

国王様の話を思い出す限り、逆に危険な錬金アイテムが悪用されないように協力してくれる可能性が高い。問題が起きるようであれば、積極的に掛け合ってみるべきだろう。

もう片方の錬金術ギルドも同じように、問題があるとは思えない。そもそも私はクレイン様に、神聖錬金術で変な問題に巻き込まれないように錬金術ギルドの保護下に入れ、と言われて所属した経緯がある。

もしものことが起こったら、遠慮なく国や錬金術ギルドに相談して、守ってもらうべきだ。補佐をしてくれる素敵な助手がいるように、頼れるところは頼ったらいい。

だって、独りで錬金術をやる必要はないのだから。

「何より大事なのは、私はもっと人生を楽しみたいんです。錬金術でアイテムを作る喜びも、それを使って喜んでくれる声も、もっともっと聞いてみたいんですよ。正しく使用してくれる大勢の人のために錬金術をしていたら、きっと悪い結果にはならないと思いますよ」

自分でも綺麗《きれい》ごとを口にしているとわかっている。でも、錬金術が好きだからこそ、そう信じていたかった。

これまで悩み続けてきたヴァネッサさんが、キョトンッとしたままなので、理解してもらえるかはわからないけど。

「じゃあ、私はこれで失礼します」

「ちょ、ちょっと待って。このネックレスはもう、ミーアちゃんのもので――」

「そのネックレスは、最初からヴァネッサさんのものですよ。どうしても私にネックレスを渡したいなら、私のことを思って、一から作ってくださいね」

そう言った私は、戸惑うヴァネッサさんを置いて、錬金術ギルドを後にした。

今後、彼女が再び錬金術の世界に足を踏み入れるかはわからない。

でも、もしそんな未来が訪れたら、真っ先に素敵なネックレスを作ってもらおうと思った。


錬金術ギルドを後にした後、そこから私は怒涛のような日々を過ごしていった。

手を負傷したクレイン様の代わりに休暇を申請したり、調査依頼の後処理を任せた騎士団と連絡を取ったり、今回の調査報告書を作成したり。

てんてこ舞いになりながらも、リオンくんに手伝ってもらい、着実に仕事をこなしていった。

改めて国王様に謁見《えっけん》することにもなったので、心にあまり余裕はない。クレイン様の代理として振る舞う必要があるため、気を引き締めなければならなかった。

そんな私たちの情報をどこから得たのかわからないが――。

「おい、この書類は提出先が間違っているぞ。法務部ではなく、財務部だ」

「あっ、そうでしたね、クレイン様。うっかりしていま……。いや、休んでてくださいよ！」

「大した傷ではない。三日もすれば治るものだ」

「変な意地を張らないでください。リオンくんも手伝ってくれていますから、大丈夫ですよ。自宅で安静にするのも仕事のうちです。早くご帰宅ください」

家でジッとしていられないみたいで、クレイン様が頻繁に工房に訪れ、自分の仕事をこなそうとしてくる。

薬師の方が痛み止めを持ってきてくださった時、全治三週間だと聞いているので、三日で治るはずもない。休養しないクレイン様を追い返すのも、仕事の一つになり始めていた。

そんな彼を工房の外に追いやった後、手に怪我《けが》をさせたことが後ろめたくなり、大きなため息がこぼれてしまう。

「薬師の方に話を聞いてみたけど、痛み止めで痛覚を麻痺《まひ》させる程度で、魔力焼けの治療薬は処方できない、と言われたからなー。もしかしたら、オババ様の方が詳しいかもしれな――あっ！」

その言葉を口にした瞬間、私は最も放置してはならない人物の存在に気づいてしまう。

破魔の矢の情報と素材を提供してくださった上に、魔装具づくりの相談に乗ってもらったにもかかわらず、オババ様に完成したことすら報告していなかったのだ。

オババ様とは長い付き合いだが、これはさすがにまずい。

だって、見習い錬金術師が魔装具を作ったら面白い、という理由で応援してくれていたはずだから。

知らないうちに問題が解決していただけでなく、使用した破魔の矢がボロボロだと知られたら、除《の》け者《もの》にされたと思われる恐れがある。

オババ様の求める面白い展開とは違う方向に進んでいる気がしてならなかった。

「せめて、噂《うわさ》好きのオババ様の耳に最新情報が入る前に、事後報告だけでもしに行かないと。まだ間に合うかどうかは、なんとも言えないけど」

うーん、と悩んでいる時間ももったいないので、私はすぐに行動に移す。

事の経緯をリオンくんに説明して、国王様に献上する予定だった壊れた破魔の矢の貸し出し許可を得て、街の乗合馬車に乗り込む。

道中にイチゴ大福を三箱も購入するためにお菓子屋さんに立ち寄り、オババ様に怒られる覚悟を持って、店を訪れた。

そして、頭を下げながら、イチゴ大福と共に壊れた破魔の矢を差し出す。

「すみません。破魔の矢は完成したんですが、もう使ってしまいました」

「カァァァァッ！　力を失った魔装具なんて見せに来てどうするんだい！　普通は完成したものを持ってくるだろうに！」

「はい……。おっしゃる通りです」

案の定、オババ様に怒られてしまった。

急いでいたとはいえ、完全にこちら側のミスなので、何も言い返すことはできない。

思わず、私はタジタジになってしまう。

「本当にすみません。切羽詰まった状況だったので、報告に来るのを忘れていました」

「その年齢でもう物忘れかい？　あんたの頭の中には、本当に錬金術のことしか入ってないみたいだねえ」

「あははは……。自分でもそう思います。今回に関しては、無事に魔法陣も壊せたので、終わり良ければすべて良し、という形にさせてください」

「フンッ。何も良くないね。この程度の魔装具じゃ、下級魔法陣くらいしか壊せやしないよ。もっと付与のレベルを高めないと、痛い目を見るかもしれないねえ」

……ん？　今、オババ様が変なことを言わなかった？

「下級、魔法陣？」

「そうさ。瘴気でちっぽけな魔物を生み出すなんて、次元の低い話じゃないか。普通はもっと大きな魔物を生み出すか、短期間のうちに魔物を大繁殖させるだろうね」

オババ様は何を言っているんだろう……と思う反面、国王様が言っていた、隠された歴史のことを思い出す。

『世界に瘴気と魔物を生み出し、凶悪な魔物が大地を支配した混沌《こんとん》の時代を作ったと語られておる』

前回の魔物の繁殖騒動も、魔法学園の生徒が関わっていたから、被害が拡大したにすぎない。

今回も時間がかかった割には、大きな被害が出ていないため、オババ様の言っていることが正しいような気がした。

「こ、怖いことを言わないでくださいよ」

「事実を言ったまでさ。前にも言ったがね、錬金術は生殺与奪の権利を持っているんだよ。いろんな意味でね。イーッヒッヒッヒ」

破魔の矢の威力を見た後で聞くと、オババ様の言葉から受ける印象がまるで違う。

魔装具を作る技術を応用したら、とんでもない兵器や、ＥＸポーションを超えるものだって作れるようになるはず。

製作者の力量次第では、幸せも不幸せも作り出すことができるのだ。

神聖錬金術を使えば、それが顕著に表れる。

「あの～……。神聖錬金術と古代錬金術って、別ものなんですよね」

「当たり前だよ。一緒にしないでおくれ。破滅に導く古代錬金術と違って、神聖錬金術は未来を切り開くものさ」

「じゃあ、古代錬金術の対抗策として、神聖錬金術が生み出されたんですか？」

「いいや。すべてを破壊するために、古代錬金術が生み出されたんだよ。憎しみによってね」

すべてを壊したくなるほどの憎しみ、か。知りたいようで知りたくない内容だなー。

「まったく、そんな古臭い話はどうでもいいんだよ」

「これ以上は教えるつもりがない、ということですね」

「ヤイヤイとうるさい子だねえ。そんなところが破魔の矢の付与に表れるんだよ。もう少し丁寧に付与することを心がけな。このあたりなんか手を抜いて……」

強引に話題を変えたオババ様は、破魔の矢のダメ出しを始めてきた。

とても細かいところを指摘されている気がするが、オババ様は私よりもハッキリと魔力路を認識しているからできることなんだろう。

錬金術を深く知る度、オババ様がずっと遠くにいる存在だと痛感する。

戦争で大勢の人の命を奪い、悪魔のような力だと恐れられた錬金術師であり、口にする言葉はいつも怖いことばかり。その言動や実績に圧倒されてしまうが、大勢の人と国を守るための行動でもあったんだと思う。

錬金術で生み出したものが悪用されるかもしれない。でも、それ以上に助けになっているのであれば、やっぱり錬金術をする意味は――。

「あんた！　人の話を聞いてんのかい！」

「えっ？　あっ、すみません。ちょっと疲れていて聞こえていませんでした」

「キィ――――ッ！　物忘れが早いと思ったら、耳まで遠くなっちまったのかい！」

「あははは……。神聖錬金術で魔力を使いすぎましたかね。こういう時は、ちょっと甘いものでもいただきましょうか」

「お待ち！　勝手にイチゴ大福に手をつけるんじゃないよ」

「差し上げたとはいえ、私が買ってきたものです。一つくらいもらってもいいじゃないですか。あっ、全然お茶とか気にしなくても大丈夫ですので」

「茶まで要求するんじゃないよ、まったく。我《わ》が儘《まま》な子だねえ」

と言いつつ、オババ様はお茶をいれに行ってくれる。

今日は長期戦になりそうな気がするけど、破魔の矢の報告を忘れたお詫《わ》びも兼ねて、オババ様の話し相手を務めるとしよう。

「そういえば、少し前に身につけていた破邪のネックレスも完成したんですよ」

「どれどれ、見せてみな」

「あっ……。もう元の製作者に返してしまいました」

「カァァッ！　あんた、馬鹿にしてるんじゃないだろうね！」

「してないですよ。ちょっと報告の順番がズレてしまっただけで……」

今度何かを作ったら、真っ先にオババ様に見せに来ようと、私は気持ちを改めるのであった。


魔法陣を破壊してから、二週間が過ぎる頃。騎士団が瘴気の浄化を終えたこともあり、王都周辺の魔物が大幅に減少していた。

国と冒険者ギルドが協力していた治安対策も終わり、今ではすっかり元通りになっている。いろいろと問題が起こっていたけど、王都に不安を感じる人はいないみたいで、街中はワイワイと賑《にぎ》わっていた。

これには、ようやく薬草栽培が正常化して、それが市場に出回った影響も大きいだろう。

錬金術ギルドにも薬草の問い合わせが多く、ポーションの作成依頼を積極的に発注していると聞く。

ポーション不足が解消される日も、すぐそこまでやってきているのだ。

私もポーションの納期が迫りつつあり、忙しい日々になりそうではあるのだが……。

宮廷錬金術師の工房には、まだ肝心の主《あるじ》の姿がない。魔力焼けの回復には、やっぱり時間がかかるみたいだ。

そんなクレイン様がいない間にも次々に仕事がやってくるので、私とリオンくんの二人で対応しなければならない。

今は騎士団の調査資料に目を通して、依頼についてまとめた最後の書類を国王様に提出したところだった。

魔物の出現が落ち着いたり、瘴気や霧がなくなったりしたことで、古代錬金術の反応は消失している。

他に異変が見られないことから、騎士団でも問題の解決に至ったと処理されていた。

こうして無事に国王様の特別依頼を遂行すると、貴族として誇らしい気持ちが芽生える。でも、なによりも嬉《うれ》しかったのは、国王様のありがたいお言葉だった。

「此度《こたび》の件について、其方《そなた》の活躍はまことに大義であった。その功績を大きく讃《たた》えたいところではあるが、今回の成果は、クレインの工房が魔装具を作り上げたという形で処理させてくれ。その分、たとえ個人的な問題であったとしても、それが生じた際には、できる限り援助すると約束しよう」

魔装具の製作という結果を出したことで、国王様がバックについてくれた……！

もちろん、私も自分だけの力で作ったとは思っていないので、国王様の提案を二つ返事で了承している。

今回の依頼で国王様からのお墨付きを得た以上、仕事に邁進《まいしん》するという理由で、錬金術師の活動に力を入れやすくなった。縁談が来たとしても、断りやすくなるだろう。

つまり、しばらくは貴族絡みの縁談に悩まされることなく、存分に錬金術を楽しめるということだ。

ルンルン気分で国王様の元を後にした私とリオンくんは、お祝いムード……に包まれるはずだったのだが、少しばかり重苦しい雰囲気に覆われている。

国王様への報告が終わった今、一つだけ残念なことが起こるのだから。

「これで調査依頼が終わりになります。明日からリオンくんがいなくなると思うと、寂しいですね……」

臨時メンバーのリオンくんは、ゼグルス様の助手であるため、これでお別れになってしまう。

付与スキルの師であると共に、助手の先輩として頼りにしていたので、悲しい気持ちでいっぱいだった。

「僕も同じ気持ちですよ。短い時間でしたが、得るものが多かったですし、とても貴重な経験もできました。魔装具の製作に携われたこともそうですし、自分の課題が見つかったことも、ですね……」

だんだんと声が小さくなるリオンくんは、悩み事でもあるのか、浮かない顔をしている。

無理に聞き出そうとは思わないが、かける言葉も見つからない。

これで永遠の別れになるわけではないので、今後もリオンくんが活躍することを願って、別れを受け入れるしかなかった。

私が冒険者ギルドから退職する時も、みんなはこういう気持ちで見送ってくれていたのかもしれないと思い、感傷に浸りながら歩いていると、急にリオンくんが立ち止まる。

「ミーアさん。ちょっと用事を思い出したので、お先に失礼します」

「えっ？　あっ、ちょっと。リオンくん!?」

何かが吹っ切れたかのような顔で、リオンくんは走りだしていった。

突然のことに呆然《ぼうぜん》としてしまうが、彼を止める術《すべ》はない。

ただその小さな背中を見送ることしか、私にはできなかった。


ちょっぴりモヤモヤした気持ちでクレイン様の工房へ向かっていると、工房の建物の前で、二人の男性が対峙《たいじ》する場面に遭遇する。

「……」

「……」

神妙な雰囲気を放つ、ゼグルス様とリオンくんだ。

思わず、木陰に隠れて様子を見ようとしていると、ゼグルス様とピタッと視線が合ってしまう。

あっ、まずい……と思ったのも束《つか》の間《ま》、ゼグルス様は何事もなかったようにリオンくんに視線を向けた。

「良い顔になったな。少しは自分のことも理解できるようになったか？」

「はい。僕は魔力操作に問題を抱えていました。長時間にわたって反復作業をすると、品質にバラつきが生じてしまいます。魔装具の調整が困難な理由も、これが原因だったと思います。このことにゼグルス様は気づいていらっしゃったんですよね？」

「それを俺が指摘したところで、お前が力の腕輪の製作を中断して、基礎的な魔力操作の修行に励んだとは思えない。魔装具しか見えていない……いや、魔装具しか見ていないのは、お前の悪い癖だ」

思い返せば、最初に会った頃のゼグルス様は、リオンくんにとても厳しく接していた。

不器用な彼なりの愛情であり、リオンくんが成長するための指導の一環だったんだろう。

「ゼグルス様の工房にいた時は気づきませんでしたが、今ならハッキリとわかります。久しぶりに魔装具から離れて、違う環境で錬金術と向き合った影響だと思いました」

「魔装具を作ることも、錬金術にできる一つのことにすぎない。お前は錬金術の才能がある分、それに頼りすぎる傾向にある。もっと視野を広げて、多くのことを学べ。天才と呼ばれた錬金術師でさえ、その才能に溺れて、大きな苦しみを味わった。まだ若いお前が、生き急ぐ必要はない」

天才と呼ばれた錬金術師……とは、おそらくクレイン様のことに違いない。

クレイン様がスランプに苦しんでいたことを知っていたから、リオンくんに同じ道を歩ませないように、わざわざ彼に預けていたんだ。

そのことを察したクレイン様も、私に付与スキルを教えるという名目で、リオンくんに気づいてもらおうと考えたのかもしれない。

直接的な指導を避け、諭すように言葉をかけていたのも、彼を思ってのこと。

二人の宮廷錬金術師はいがみ合っているものの、リオンくんという一人の錬金術師を成長させるために、同じ考えにたどり着いていた。

その真意に気づいたリオンくんは今、大きな決断の時を迎えている。

「ゼグルス様。僕は一度、魔装具を作る夢から離れて、錬金術を勉強し直したいと思います。ミーアさんと一緒に、クレイン様の下で学び直したいんです」

「……そうか。お前の決めたことだ、好きにしろ」

「今までお世話になりました。ヴァネッサ様が錬金術師を引退する道を選ばれた時、僕を拾って育ててくださったこと、本当に感謝しています。これからもっと錬金術のことを知り、魔装具づくりに再挑戦する時は、また——」

「甘えたことを言うな。俺の元を離れるなら、二度と工房に入れるつもりはない」

最後まで厳しい師であるゼグルス様は、決してその態度を崩さなかった。

ただし、その優しい心を反映したかのように歪《ゆが》む口元以外は、である。

「力の腕輪を完成させて、宮廷錬金術師の地位を奪いに来い。必ずな」

「……はいっ！」

長く険しい魔装具づくりの道を歩むことを決めたリオンくんは、工房の方へ走っていった。

それを確認した私は、恐る恐るゼグルス様に近づいていく。

「最初からこうするために、クレイン様の工房に派遣されたんですか？」

「どうだかな。少なくとも、最後はリオンが決めたことだ。これから魔装具を作るにしても、途中で諦めるにしても、俺が口を挟むことはもう二度とない」

「そうですか？　もしリオンくんが魔装具づくりを諦めようものなら、ゼグルス様は飛んでやってくるような気がしますけどね」

「盗み見するような女の戯言《たわごと》など、聞く価値のない言葉だ。トンチンカンに似て、変なことを言うようになったな、見習い」

ゼグルス様が盗み見を黙認したんですよね、と反論したいところはやまやまだが……。

それよりも、一つだけ気になることがあった。

「見習い、ですか？」

私のことは『ひよっ子』と呼んでいた気がするんだけど。

「早くも一人前の錬金術師になったつもりか？」

「……いえ。私はまだまだ見習いでした」

どうやらゼグルス様に認めてもらえたみたいだ。彼なりの精一杯のお祝いの仕方が、こういう形なんだろう。

照れ隠しをするように背を向ける姿を見て、深く突っ込まないでおこうと思った。

「リオンを頼んだぞ」

そう小さく口にして立ち去るゼグルス様の大きな背中は、とても満足そうだった。

巣立っていった助手のリオンくんよりも、不思議とゼグルス様の方が嬉しそうに見える気がした。


リオンくんの異動届けが受理されて、一週間が経過する頃。

ゼグルス様の工房に置いていた荷物や魔装具に関する書類などを移し終えた彼は、今日から正式に同じ工房の仲間として、再スタートを切ることになった。

皮肉なことに、休養中のクレイン様が何度も工房を訪れていたことで、手続きがスムーズにいったのだが……。

薬師の方から安静の指示が出ていただけに、あまり褒められた行動ではない。でも、魔力焼けによる傷は綺麗に治っていたので、それはよかったとホッとしている。

そんなクレイン様も今日から仕事に復帰するため、また賑やかな工房になると思い、私はワクワクしていた。

その高揚感を表すかのように、工房の扉を勢いよく開けて、大きな声で挨拶をする——はずだったのだが。

「おは……よう、ございます……」

「ミーアちゃん、どうしたの？　朝だからといって、怠けていちゃダメよ。もっと元気を出さなきゃ！」

突然、朝から元気なヴァネッサさんに迎えられたことに、私は混乱した。

どうしてヴァネッサさんがここにいるのだろうか、と。

思わず、錬金術ギルドと間違えていないか確認するも、そんなミスをするはずもない。

しかし、私だけが混乱したわけではないみたいで、似たような犠牲者がすでにいるようだった。

疲れ果てたリオンくんと、険しい表情を浮かべるクレイン様だ。

詳しい話を聞くため、私はクレイン様の元に近づいていく。

「おはようございます。何か騒動があったような雰囲気ですが、どうかされたんですか？」

「ああ。何から話せばいいものか悩むが……、まずはリオンの話からするとしよう」

名前を呼ばれたリオンくんがシャキッと背筋を伸ばすと、クレイン様は大きく頷いてみせた。

「ミーアも知っての通り、リオンは正式な従業員の一員として、俺の工房で働くことになった。これからは各種ポーションの研究に必要な付与業務を担当しながら、補佐についてもらう。リオンにとって有用なことであれば、ミーアの仕事も手伝ってもらう予定だ」

リオンくんが錬金術の勉強をしたいと言っていたから、私と一緒に基礎的なことを学ばせようとしているんだろう。

今までと同じような形で仕事をすると思うので、特に大きな変化はないのかもしれない。

「恥ずかしながら、戻ってきてしまいました。またよろしくお願いします、ミーアさん」

「おかえりなさい。こちらこそよろしくお願いしますね、リオンくん」

改めて工房のメンバーになったリオンくんと挨拶を終えた後、私は一番疑問に思っていることを尋ねてみる。

「それで、ヴァネッサさんはどうしてこちらに？」

「幸か不幸かわからないが……。錬金術師に復帰するためのリハビリとして、うちの工房でヴァネッサを受け入れることになった。リオンのおまけでついてきた悪霊みたいなものだな。主に、保護者がいないところで何をしでかすかわからない、という意味だが」

どういう意味だろう……と疑問を抱いたのも束の間、その言葉の意味を教えてくれるかのように、僅かな隙《すき》を突いたヴァネッサさんが作業台の前に立っていた。

それも、必死に制止するリオンくん付きである。

「ダメですよ、ヴァネッサ様。その薬草はミーアさんが納品するポーションの素材ですから」

「相変わらずリオンちゃんは頭が固いのね。少しくらい使っても問題ないわ。薬草は植えたら生えてくるんだから、使っても減るものじゃないの」

「減りますよ！　使えば使うほど減るものです！」

「もう……。リオンちゃんには口を酸っぱくして教えたでしょ。素材は使いたい時に使うものだって」

もはや、どっちが年上か年下かわからない。勝手に薬草の下処理を始めるヴァネッサさんと、必死に止めようとするリオンくんは、とても対照的だった。

クレイン様の言う『保護者』というのは、リオンくんのことを指していると判断して間違いない。

突拍子もない行動を取るヴァネッサさんを止められるのは、彼しかいないのだ。

全然止められる様子はなくて、ポーションづくりが進んでいるように見えるけど……。

せっかくヴァネッサさんが錬金術をする気になったんだから、今回は大目に見よう。

破邪のネックレスが完成したことで、復帰しない選択肢もあっただけに、こうして錬金術をする姿が見られて、とても嬉しかった。

「でも、ヴァネッサさんは錬金術ギルドのサブマスターですよね。クレイン様の工房で仕事をしていても大丈夫なんですか？」

「俺も最初は突き返そうと思っていたんだが、正式にギルドマスターの許可も下りている。錬金術ギルドのサブマスターと兼任して、また錬金術を始めるみたいだぞ」

「あの仕事をよくサボるヴァネッサさんが、わざわざ兼任するんですね」

「ああ。あの普段はろくに仕事をしないヴァネッサがな。錬金術ギルドとしては、高ランク錬金術師や貴族に顔が利く分、他の者では替えが利かないと判断したんだろう。現役に復帰するのであれば、余計に手放せなくなると思うぞ」

へえー……と、狐《きつね》につままれたような気持ちになってしまうのも、無理はない。

リオンくんの制止が利かないヴァネッサさんが、早くも暴走しているからである。

「あーっ、ヴァネッサ様！　調合作業まで進めるのはよくないですよ」

「シーッ。まだバレていないわ」

「絶対にバレてますからね、もう。勝手にポーションを作って怒られても知りませんよ」

どことなく世話を焼いているリオンくんが嬉しそうに見える。

きっと以前はこうして一緒に錬金術をやっていたに違いない。

苦悩が増えることもありそうだけど、楽しく錬金術に取り組めるのであれば、リオンくんにとっても良い環境になったんだと思った。

悪びれる様子がないヴァネッサさんがポーションを作り終えると、こっちに駆け足で近づいてくる。

「見て、ミーアちゃん。ポーションができたわ」

「うーん……、普通に品質の良いポーションですね。なんかちょっと悔しいです」

「見直しちゃった？　ブランクはあるけど、これくらいのことなら、いつでも手伝ってあげられるわよ」

パチッとウィンクを決めてくるヴァネッサさんは、錬金術に恐怖や不安を抱いている様子がなく、自信に満ちている。

錬金術ギルドで依頼をこなしても、十分に良品を納品できるような状態に思えた。

「昔のヴァネッサさんのことは知りませんが、あまりリハビリの必要性を感じませんね。どうしてクレイン様の工房で復帰しようと思われたんですか？」

「クレインちゃんは関係ないわ。ミーアちゃんのところで錬金術がしたいと思ったのよ」

「私のところ……？　あっ、なるほど。魔装具の作り方が気になっているんですね。残念ながら、しばらく作る予定はありませんよ」

「違うわ。ミーアちゃんが言ったんでしょう？　ネックレスを作れって。せっかく作るなら、どういうものが一番似合うのか、じっくり考えて贈りたいなーって思っただけよ」

思ってもみない理由に唖然《あぜん》としていると、ヴァネッサさんがゆっくりと顔を近づけてくる。

「いろいろありがとう。必ずミーアちゃんにピッタリのネックレスを作るから、もうちょっと待っててね」

唐突にお姉さんモードに入ったヴァネッサさんは、優しい笑みを向けてくる。

その胸元に揺れる破邪のネックレスが彼女の魅力を引き立て、とても輝いているように思えた。

関わる時間が増えると、ヴァネッサさんの真面目な姿や律儀《りちぎ》な性格が見えて、嫌いになることができない。こういう裏の顔を知っているから、リオンくんもついていきたくなるんだろう。

ネックレスを作ると約束してくれた以上、気長に完成を待つことにした。

「ヴァネッサさんって、誤解されやすい性格ですよね。もしかして、ツンデレ系ですか？」

「私はミーアちゃんにデレデレ系よ」

「お気持ちに応えることができず、ごめんなさい」

「もう。照れ屋さんなんだから～」

「いえ、全然照れてないです」

「ほらほらっ、早く作り始めないと、ポーションの納品が遅れちゃうわよ。ちゃんと下処理を見守ってあげるから、頑張って」

「そこは普通、手伝ってくれるところではありませんか!?」

なんだか急に騒がしくなったなーと思いつつも、活気に満ちた工房の中で、久しぶりの調合作業に勤《いそ》しむ。

心を通じ合わせた仲間と共に、新たな錬金術の世界に羽ばたきたいと思うのであった。

MFブックス

蔑《さげす》まれた令《れい》嬢《じょう》は、第《だい》二《に》の人《じん》生《せい》で憧《あこが》れの錬《れん》金《きん》術《じゅつ》師《し》の道《みち》を選《えら》ぶ ～夢《ゆめ》を叶《かな》えた見《み》習《なら》い錬《れん》金《きん》術《じゅつ》師《し》の第《だい》一《いっ》歩《ぽ》～ 2

2024年5月25日　初版第一刷発行

著者　あろえ
発行者　山下直久
発行　株式会社KADOKAWA
〒102-8177　東京都千代田区富士見2-13-3
0570-002-301（ナビダイヤル）
印刷・製本　株式会社広済堂ネクスト
ISBN 978-4-04-683621-2 C0093

企画　株式会社フロンティアワークス
担当編集　河口紘美（株式会社フロンティアワークス）
ブックデザイン　鈴木 勉（BELL'S GRAPHICS）
デザインフォーマット　AFTERGLOW
イラスト　ボダックス

本シリーズは「小説家になろう」（https://syosetu.com/）初出の作品を加筆の上書籍化したものです。

ファンレター、作品のご感想をお待ちしています

宛先
〒102-8177 東京都千代田区富士見 2-13-3
株式会社 KADOKAWA　MFブックス編集部気付
「あろえ先生」係「ボダックス先生」係

久々に
健康診断を受けたら
最強ステータスになっていた
～追放されたオッサン冒険者、今更英雄を目指す～
夜分長文
YABUN NAGAFUMI
原案：はにゅう
HANYU
イラスト：桑島黎音
KUWASHIMA REIN
オッサン冒険者、遅咲きチート【晩成】で最強になって再起する！
Story
冒険者カイルは、己の天井知らずの能力成長に、
呪いの類を疑い久々に健康診断を受ける。
だが、カイルの身に起こっていたのは、
一日にちょっとずつステータスが上がる
ユニークスキル【晩成】の覚醒だった！
自分が健康体だと知ったカイルは、
駆け出しの冒険者・エリサとユイのパーティ
『英雄の証』への勧誘を受け入れ、
新たな冒険者ライフを送るが……。
そんな遅咲き＆最強三十路の爽快冒険活劇！
MFブックス新シリーズ発売中!!
MFブックス

ヴィーナスミッション
VENUS MISSION
~元殺し屋で傭兵の中年、
勇者の暗殺を依頼され
異世界転生！~
AUTHOR
MIYABI
ILLUSTRATOR
ニシカワエイト
女神からの依頼は、
勇者32人の暗殺!?
――チート能力で暴走する勇者たちを抹殺せよ。
元殺し屋の男は、女神から「暴走する勇者32人の暗殺」を依頼され異世界に転生する。前世の戦闘技術や魔法を駆使し、暴走する勇者達を殺害していくが、同時に召喚に関する陰謀や女神の思惑にも巻き込まれてしまう――。
MFブックス新シリーズ発売中!!
MFブックス

好評発売中!!

毎月25日発売

盾の勇者の成り上がり ①〜㉒
著：アネコユサギ／イラスト：弥南せいら
極上の異世界リベンジファンタジー！

槍の勇者のやり直し ①〜④
著：アネコユサギ／イラスト：弥南せいら
『盾の勇者の成り上がり』待望のスピンオフ、ついにスタート!!

フェアリーテイル・クロニクル 〜空気読まない異世界ライフ〜 ①〜⑳
著：埴輪星人／イラスト：ricci
ヘタレ男と美少女が綴るモノづくり系異世界ファンタジー！

春菜ちゃん、がんばる？ フェアリーテイル・クロニクル ①〜⑩
著：埴輪星人／イラスト：ricci
日本と異世界で春菜ちゃん、がんばる？

無職転生 〜異世界行ったら本気だす〜 ①〜㉖
著：理不尽な孫の手／イラスト：シロタカ
アニメ化!! 究極の大河転生ファンタジー！

無職転生 〜蛇足編〜 ①〜②
著：理不尽な孫の手／イラスト：シロタカ
無職転生、番外編。激闘のその後の物語。

八男って、それはないでしょう！ ①〜㉙
著：Y.A／イラスト：藤ちょこ
富と地位、苦難と女難の物語

八男って、それはないでしょう！ みそっかす ①〜②
著：Y.A／イラスト：藤ちょこ
ヴェルと愉快な仲間たちの黎明期を全編書き下ろしでお届け！

魔導具師ダリヤはうつむかない 〜今日から自由な職人ライフ〜 ①〜⑨
著：甘岸久弥／イラスト：景、駒田ハチ
魔法のあふれる異世界で、自由気ままなものづくりスタート！

魔導具師ダリヤはうつむかない 〜今日から自由な職人ライフ〜 番外編
著：甘岸久弥／イラスト：縞／キャラクター原案：景、駒田ハチ
登場人物の知られざる一面を収めた本編9巻と10巻を繋ぐ番外編！

服飾師ルチアはあきらめない 〜今日から始める幸服計画〜 ①〜③
著：甘岸久弥／イラスト：雨壱絵穹／キャラクター原案：景
いつか王都を素敵な服で埋め尽くす、幸服計画スタート！

治癒魔法の間違った使い方 〜戦場を駆ける回復要員〜 ①〜⑫
著：くろかた／イラスト：KeG
異世界を舞台にギャグありバトルありのファンタジーが開幕！

治癒魔法の間違った使い方 Returns ①〜②
著：くろかた／イラスト：KeG
常識破りの回復要員、再び異世界へ！

回復職の悪役令嬢 エピソード ①〜⑤
著：ぷにちゃん／イラスト：緋原ヨウ
シナリオから解放された元悪役令嬢の自由な冒険者ライフスタート！

アラフォー賢者の異世界生活日記 ①〜⑲
著：寿安清／イラスト：ジョンディー
40歳おっさん、ゲームの能力を引き継いで異世界に転生す！

MFブックス既刊